旨し、うるわし、京都ぐらし

大原千鶴

旨し、うるわし、京都ぐらし

目次

故郷の小学校に残る
卒業制作の像。
40年前の思い出。

京都・御池通に咲く
紫陽花の花。

夏の終わりを告げる
赤とんぼ。
大原の畑にて。

お正月の
大文字山から、
京都市内をのぞむ。

散歩はいつも
鴨川沿い。
春は桜が
目を和ませる。

第一章

大原千鶴を作ったもの

自分は自然界のパーツ

わたしは、京都の山あいの当時、人口四〇〇人に満たない花脊《はなせ》という集落で生まれ育ちました。

今でこそ簡易水道やゴミ収集、一応、携帯電話の電波も所々でつながりますが、わたしが小さかった頃は、道路は舗装されていない土の道で、「おくどさん」で煮炊きをし、薪《まき》でお風呂を沸かし、電話も横にあるレバーを回して受話器を取って口頭で番号を伝えて交換手につなげてもらうような生活でした。

水は、谷水と井戸水を使い、自分たちで湧き水の場所の草取りをしたり、枯れ草を取ったりのメンテナンスをしていました。本当にインフラまで自給自足の暮らしです。今でも風で木が倒れたら停電になり、雑草はすごい勢いで伸び、山で暮らすのは本当に大変です。そんな中、小学校まで四キロの道のりを毎日歩いての登下校の間に、いろいろなものを見て育ちました。

待ちわびた春は、一時《いっとき》にやってきて桜が散り新緑になる頃にはあちこちに山菜が出てきます。学校の帰り道にもわらびや蕗《ふき》やいたどりなどがたくさんあって、それを摘みながら帰ります。花を見つけるとかけ寄り、首飾りを作ったり、指輪を作ったり。ツツジや椿の花の甘い蜜を吸ったりもしました。六月になり、栗の花が咲き、山が香りに包まれると梅雨になり、雨が降るとカエルやイモリが道路に飛び出し、モリアオガエルが田んぼの畦《あぜ》に泡のような卵を産みつけました。雨が上がると山全体が水蒸気に包まれ、水が雲になっていくのがわかります。地球上の水が循環を続けていることを体で感じました。

夏に川を覗くと鮎《あゆ》のお腹がキラキラ光り、水中の石を退《ど》けるとサワガニがいました。山の緑は優しい色で木陰にはいつも爽やかな風が吹き、夜には満天の星が輝いていました。床几《しょうぎ》に寝転びながら流れ星を探すのが大好きでした。夏の終わりに台風がやってくると山の木が轟々《ごうごう》と唸りながら激しく揺れます。そのさまを眺めるのもなんだかワクワクして好きでした。台風の後にあたりを散歩するとオオサンショウウオが歩いていたり、すごく大きな岩が動いていたりと、発見がたくさんありました。

秋は、通学路のあちこちに栗の木やアケビの蔓《つる》、自然薯《じねんじょ》の蔓があり、栗にアケビにムカゴに柿なんかもあって、そのすべてがよいおやつでした。イチョウの落葉であたり一面が黄色の絨毯《じゅうたん》のようになり、落ちてくる葉っぱが風に舞っている中に自分も入って風と一緒に踊るのも楽しかったなぁ。

冬は、葉っぱもなくなり、キンキンに冷えて枯れた感じの山村の風景になるのですが、雪が一度降ればあっという間にあたりが美しい白一色の世界になります。雪が降ると嬉しくて、なんだかテンションが上がります。中でも晴れた日にふわふわの雪の上に大の字になって倒れこむあの快感は忘れられません。今でもスキー場に行って新雪を見るとやってしまうのですよ。大人げないですが……。

いいことばかりではありません。わたしが住んでいたのは吹きさらしの日本家屋でしたから、冬は寒くて、寒くて、鼻先が冷たくて寝られませんでした。夏はアブがたくさん出てきて刺されはしないかとヒヤヒヤしたり、カメムシ退治に追われたりと、年中いろいろなことがありました。

自然は、涙がこぼれるほどの美しい景色を見せ、多くの恵みを与えてくれる反面、途方にくれるような災害も連れてきます。その豊かさと非情さには抗《あらが》うことはできません。でも、どんなことがあろうと山の木々は、粛々と毎年懸命に陽の光を浴び、成長を続け、災害で折れたとしてもどこかから新芽を出し、また生きていきます。そんな強さ、たくましさを人間も持たなくてはいけないし、へこたれてなんかいられない。前を向いて笑って歩いて。

わたしたちは、目の前にある一枚の葉っぱや、その下に隠れている虫たちと変わらない自然界のパーツの一つなのだ、とわたしはいつも思っています。人間だけが特別だなんておこがましいにもほどがあります。だから一枚の葉っぱも、小さな虫も無駄に殺生してはいけないのです。

野菜も魚も肉も自然物です。だからいただく時は感謝を忘れず、ていねいに取り扱いたいと思いますし、無駄にすることはあってはならないと思います。そこにあった命をもらって毎日わたしたちは生きているのですから。自然への畏怖、感謝、尊敬がなくなることは、自分自身を否定することとつながる気がします。

母のこと

いつもわたしを育て、救ってくれるのは、ほかでもない母の存在です。

母は鹿児島から山深い京都の花脊にお嫁にやってきました。父が九州に旅行に行った時に知り合い、何年かの文通ののちに結婚したそうです。暖かい九州から厳寒の山里に移り、祖父母も厳しい人だったので本当に苦労したようです。いろいろな難題が降りかかる中、実家の仕事をここまで育てたのは、父のセンスと商才と、何より母の深い心であったと思います。

母は美人で、非常に真面目で、そして根性がある人です。小さい時、母によく言われた言葉は「魂《たましい》が入《い》らん！」です。鹿児島弁が少し入っていて、何をするにも魂（気持ち）を込めよ、ということですね。ものをいい加減にやると必ずこの言葉が飛んできました。薩摩おごじょです。しっかりしていますが、気立てがよく、優しく、いつも受け入れてもらっているなぁ、と感じながら安心して育ちました。いつも人の話を聞いてくれて、反論はせず、そっと導いてくれます。

母はもう八〇歳になります。わたしと姉と母で最近は二カ月に一度くらい女子会ならぬ「ばば会」をしています。集まって話すことは、やはり生き方の話。日々過ごしていると、知らない間に世間に流され、心に垢《あか》がつくのですね。ちょっと愚痴っぽくなったり、ネガティブな気持ちになったり。ばば会をすると、「そうだった！　忘れてた！こう生きるんだった！」ってなるのです。面白いでしょう？

わたしも姉も、子供の頃から家族だけの生活をしたことがありません。ですから、常にどうやったらお客様に喜んでもらえるか、従業員さんがどうしたら育ってくれるか、どんなことに心を動かされるか、といったことが話の中心で、ネチネチと甘え合うようなことがないんです。家族ってあまり深く向き合い過ぎると、かえって毒になる気がします。家族全員が前を向いて仕事をして、それぞれのコミュニティで活躍する。それを支え合うのが理想の家族だと思うのです。

母方の祖母は歌を書く人で、いつも素敵な歌を書にしたためていました。その祖母が、嫁ぐ母に贈った歌が熊沢蕃山《ばんざん》（山中鹿之助の説もある）の「憂きことの　なおこの上に積もれかし　限りある身の　力試さん」で、ご存じのように「辛いことがこれでもか、これでもか、とわが身に降りかかる。でも自分の持てる限りの力でどこまでできるか試してみようではないか」という意味です。これを糧《かて》に、母はたくさんの苦労を乗り越えたと思います。

わたしも姉も、この言葉を胸に母の苦労を思うと、眼前の問題など「どうということないわ」と思えるのです。母の足元にも及びませんが、わたしも子供たちにとってそんな母でいられたら嬉しいなと思います。全然ダメダメですが（笑）。

両親と、生まれて間もない頃のわたしと姉（右ページ）。父も母も店の仕事が忙しく、小学校に入ると夕食は姉と弟の3人で作って食べていました。これがわたしの料理人生の始まりです。

父のこと

父は男前で、センスがよくて、面白い人でした。型にはまらず、やんちゃなところも、優しいところもありました。よく皆さんがイメージなさる難しい職人って感じではなかったです。でも、わたしたちには厳しく、ずっと父には敬語でしか話しませんでしたし、食事の時も姿勢やマナー、肘の角度まで言われるので、父といる時間は少し窮屈でした。今思えば、それもわたしたちをよりよく育てるためだったのだと思います。父が厳しくしてくれたおかげで、大人になって随分と助けられました。気遣いや立ち居振る舞いは、生きていく上で本当に大切なことなのだと思います。

実家は、山の中にあり、わざわざ足を運んでくださるお客様がいてくださったおかげで、わたしたちは暮らしていけました。父が遠来のお客様を呼ぶ料理のスタイルを作り上げたのです。

小さかった頃は、まだ土の道だった峠を越え、車に乗ってお客様がやってきます。白洲正子先生、司馬遼太郎先生、立原正秋先生は、作品の中にも実家をお書きくださりました。そんな有名な先生方は料理にも大変お厳しく、本物とは何か、料理はどうあるべきか、父は座敷に呼ばれて諭されたなんてことも何度もあったようです。

叱るって愛が要りますよね。怒るのではなく叱る。これは相手のことを思うからこそ叱るのです。そこに成長の兆しがあるから。叱られてたくさんのことを先生方に教わった。そういった話を両親の口から聞くたび、その頃の文化人の方々のエネルギーを肌で感じた気がしました。

わたしが大きくなると、父は食いしん坊のわたしをよくいろいろな所に連れ歩いてくれました。父が連れて行ってくれる所は、屋台のラーメン屋さんであっても、高級割烹であっても、どこか芯があってストーリーを感じさせるお店でした。美味しいのは当然ですが、そこに店主の思いが溢れている。そんなお店ばかりでした。

同業の料理関係の皆さんとご一緒させてもらう海外旅行にも同行させてもらい、たくさんのことを学ばせてもらいました。とはいえ、わたしはいつまでも反抗期で、喧嘩しながらの道中でした。

父は五五歳の若さで亡くなりました。突っ走る人生だったと思います。今、わたしがその年齢に近くなって、その無念さに胸が詰まります。大きな功績を残してくれた父に今更ながら感謝の念でいっぱいです。

実家の「美山荘《みやまそう》」は、大悲山峰定寺《ぶじょうじ》の宿坊として始まり、父が作る摘草《つみくさ》料理で料亭、料理旅館と認めてもらえるように。その志を今は弟・久人が受け継ぎ、客室の花はほぼ母が生けています。

祖母のこと

わたしが生まれる時、冬の真っただ中で雪が多く、病院に行くことができなかった母は産婆さんを家に呼んでわたしを産みました。家族は大家族。両親、祖父母、叔父、叔母、そして姉、弟とわたし。これだけで九人。そして従業員の方々。いつも一五〜二〇人くらいの大所帯でした。

家の造りは田舎の純和風ですので、昔の囲炉裏の名残の場所に薪ストーブ、土間におくどさんがあり、部屋は襖《ふすま》と障子で仕切られただけでした。プライバシーなんてまったくなく、起こされなくても枕元を人がバンバン行き来しますから、ゆっくりなんて寝ていられませんでした。

朝起きたら、まず神さんごと。炊きたてのご飯と少しのおかず、淹《い》れたての番茶と汲みたての水を神さんと仏さんに供えます。その数なんと三〇カ所。毎朝、お供えして、祖母が般若心経を唱え、そのお下がりをいただきます。冷めて少し硬くなって、ほんのり線香の香りがするご飯。みんなちょっと嫌がって食べなかったけれど、祖母が「お下がり食べたらいい子になる」と言うので「そうなんや」と頑張って食べていました。子供って単純ですね。

いただきものも何もかも一旦「仏さんに供えてからしか食べたらあかん」のです。早く食べたいものは、パッと仏前において、おりんをチンチンと鳴らして、おりんの余韻が消えないうちに「はい、供えた〜〜」と言って持ち去り、お下がりをいただいていました。「仏さん食べる間《ま》なかったん違うか〜」とか言われながら。

祖母はよく働く、しっかりものでした。父が実家の美山荘《みやまそう》を今のような料亭、料理旅館の形にするまでは、祖母がお客様の料理を作っていたそうです。畑仕事をしながらお客様がいらっしゃると鍬《くわ》を放り投げて接待をし、その放り投げた鍬を祖父が「ほんまにもう」と言いながら片付ける。そんな夫婦だったようです。

それでも、もののない時代。それも山間地区のほぼ自給自足の生活は、そんなに生やさしいものではありません。

朝早くから起きておくどさんに薪をくべて米を炊き、お汁を作り、お漬物を漬け、掃除をし、薪を割り、風呂を炊き、水道、電気、ガスなどのインフラだって自分たちで整えますから膨大な量の仕事があります。

男尊女卑に、田舎の因習。ネガティブな一面もあります。その中ででも働き、笑い、懸命に生きる祖母をはじめとする大人の姿が、わたしの心の奥底にしっかり焼きついています。これが、わたしのベースです。

祖父のこと

祖父はきちんとした人でした。地域の役をするなど、人の役に立つことが好きで、いろいろ人の世話を焼いていましたが、ちょっと怖い人でした。厳格な人とでもいいましょうか。月に二度ほどお医者さんがおられる街まで行くのですが、前日からきちんと準備をして、身だしなみを整えて出かけて行きました。

花脊には今でもバスが一日四本しかありません。朝一番のバスに乗って出かけ、最終バスで戻り、必ず家族へのお土産とお肉を買ってきてくれました。

わたしたち孫へのお土産は『小学一年生』などの児童雑誌とお菓子。買ってきてくれたお菓子は和風で地味なお菓子。味は美味しいのですが、テレビで見ていた「ポッキー」とか「アーモンドチョコレート」とか「ポテトチップス」に憧れていましたから、いつもちょっとがっかり。でも、母から「お礼をしっかり言いなさい！」と促されて「おじいちゃん、ありがとう……」と言うと、祖父はわたしたちがそれを好きなのだと勘違いして、また同じものを買ってきてくれるのでした。

祖父は、お肉、それも牛肉が大好物でした。京都の人は実はお肉好きが多いのです。一人当たりの牛肉消費量は、全国で一位、二位を争う肉好きなんです。祖父もそれにもれず、街へ出た帰りはバス停の横に今もあるお肉屋さんで、牛ロースの薄切り肉を二キロほど買ってきてくれました。その日の夜は、決まってすき焼き。ガスホースのついたガスコンロが食卓に載せられ、その上に鉄のすき焼き鍋。はじめに牛脂をのせてすき焼き鍋に脂を十分に行き渡らせ、煙が立ってきたらお肉を並べ入れてジュ〜。「あっ！」と祖父。「また切ったやろ！」と台所の祖母に怒りのひと声。毎回決まって繰り広げられる寸劇のような光景です。

肉好きの祖父は、竹皮で包まれたきれいなロースを大きいままいただくのが好み。ジュ～ッと焼いて砂糖としょうゆをさっと絡め、ほんのり赤みが残るくらいの柔らかなお肉を溶き卵にくぐらせて思いっきりほおばり、口いっぱいに広がる和牛香とロースならではの艶やかな脂の旨みを堪能したいんです。そのために、たっぷりとお金を払って買ってきたロース。なのに、なのに。家計を預かる始末屋の祖母は「そんなにガバガバ食べたらもったいない。高いお肉やのに」と思うのでしょう。いつも半分に切ってしまうのです。

せっかくのすき焼きが、その寸劇を前にその場はどんよりとした沈鬱《ちんうつ》な空気に。すき焼きをいただくたびにこの光景を思い出します。祖父も大人げないくらい怒るんです。食いしん坊で始末屋のわたしには両方の気持ちがわかる、忘れられないエピソードです。

義母のこと

わたしには今、主人と三人の子供がいます。長男が大学生、高校生の次男と中学生の女の子です。嫁いだ時は、主人の母も一緒に暮らしていました。若い頃から糖尿病を患っていた義母は、わたしが嫁いだ時はまだ元気でしたが、だんだん病状が思わしくなくなり、八年間、一緒に過ごした後に他界しました。

介護と子育てを両立させながら暮らした八年間は、自分の中では一番大変な時期でした。義母は週三回の透析が必要で、栄養管理もなかなか難しく、認知症も発症し、だんだんいろいろなことが進行していきました。三人の子育ては保育園に助けてもらい、介護はヘルパーさんに助けてもらってなんとか乗り切りました。どうやっていたのだろうと思うくらい走り回っていました。義母はとっても働き者でしっかりした人だっただけに、主人は衰える義母を見るのが辛かったことと思います。どちらも可哀想でした。

まだ義母の意識がはっきりとして元気だった頃、口伝えで料理を何品か教わりました。言われたように試行錯誤しながら作った料理を褒めてもらえた時は、とても嬉しかったです。義母も仕事をしながら四人の男の子を育てた偉大なお母さん。厳しさの中に時折見せてくれた優しさに、ホロリとすることもよくありました。母は強し、そしていつまでたっても偉大です。

最後は寝たきりになり、仕事と子育てと介護に走り回っていたわたしは、義母の命を預かる重責に「透析にちゃんと送り出すこと」「清潔にすること」「ごはんをちゃんと食べてもらって、水分管理と栄養管理をすること」に一生懸命でした。食事を持って部屋に入ると、いつもベッドから漕ぐように差し出す義母の手を軽く握って受け止め、すぐにベッドを起こしてエプロンをつけて食事を食べさせていました。その時のわたしの頭

子供たちの成長とともに料理への思いも深いものに。もう少し一緒にいたいと思うけれど、どんどん大きくなっていきます。

の中は「次あれやってこれやって、あ、これもやらなきゃ」と回りっぱなし。

でも、本当はごはんなんか適当でよくて、ただ手を握り続けてほしかっただけだったのだと、義母が亡くなってから気づきました。もっといろいろなことをしてあげられたのに、そこまでできなかった……それが辛くて泣きました。

子育て

世の中にこんなに愛せる存在ができるなんて、と思ったのは子供が生まれた時。そのくらい、子供の誕生は衝撃でした。

姉の子供が生まれた時までそれほど子供が好きだとは思っていなかった自分が〝叔母バカ〟になり、そして自分に子供ができ、母性のすごさを思い知りました。六年の間に三人産み、介護も仕事も重なり、シッチャカメッチャカでしたが、今思えば人生最良の時期でしたね。

子供って本当に可愛いです。そりゃ、ごはんを食べてくれなかったり、グズグズ言ったり、寝なかったり。自分一人だったら楽にできることが、子供がいるとそのペースに合わせなくてはならず、思うようにいきません。忙しさのイライラで、きつく子供に当たってしまうこともしょっちゅうで、何度、子供の寝顔に謝ったことか。

子供たちからはいつも「ママが六人要るな」と言われていました。義母、主人、子供三人、そして仕事するわたし、六人分のママです。でも、どれも足りないママでした。それでも女性ってすごいです。どんなことでも乗り越えられるし、素晴らしいマネジメント力があります。母性の力は諦めない力。放り出すことなんてできません。家族を何とかしなければいけない、と思う気持ちが強いのです。

そんな女性の大変さを経験し、痛感するわたしが思うことは、世の中の多忙な女性たちを助け、素敵な家族を増やしたいということ。忙しい中でも美味しいものが家で食べられるように考えた料理やアイディアでお役に立ちたい……そう思って、今、この仕事をしています。

第二章

料理が好き

豪華なものでなくても日々の食事を大切にすることが、人を和ませ、心を豊かにしてくれます。家族のため、自分のため、だれのためであっても、愛をもって料理を作りたい。

仕事を始めたきっかけ

わたしは子供が生まれて間もなく料理の仕事を始めました。

きっかけは、前述のとおり、結婚して主人の母の介護と出産が重なり、忙しく毎日が過ぎる中、なんとも言えない社会との隔絶感を覚えるようになったからです。

介護と子育ては、時間のコントロールがまったく利きません。それが、辛かったんです。義母は糖尿病の合併症で左目を失明。腎不全で透析に週三日通っていました。三人の子供は、上二人は年子の男の子で、四年経って女の子を産みました。上の子たちが小さい頃は誰も手伝ってくれる人がいない中、育児と介護に走り回っていました。そんなに忙しかったのに、幼稚園のＰＴＡの本部役員をしたりしていました。それはそれで楽しく面白かったのですが、やはり仕事がしたくてたまりませんでした。

主婦の仕事は、外の仕事より実は大変です。あまり評価してもらえないし、お金も自分の仕事の対価として払ってもらうわけではないですから。やりがいはありますが、頑張り過ぎるとかえって弊害が出てきます。なかなか難しいものがあります。

女性にはいろいろなタイプの人がいますが、わたしはどんなに忙しくても仕事をしていたほうが、自分が健やかでいられるタイプなのだと思います。しかし、「仕事をしたい」と思っても、当時の家庭状況では、外にお勤めに行くのには無理がありました。では、家でできることを仕事にしては……そう思うようになりました。

いろいろ考えた末、わたしにできることは料理しかないな、と思ったのです。それまでも時折、料理のケータリングの仕事をしていましたから不安はなく、「料理研究家」の肩書で活動を始めました。

とはいえ、そんな簡単に仕事があるわけではなく、ケータリングを中心にぼちぼちやっていました。それが、とある雑誌の企画で、女優の石田ゆり子さんを錦市場にご案内して自宅で料理をレクチャーすることになり、そこでわたしの料理が初めて誌面に登場することになりました。その時の料理が読者の方、メディアの方たちの目に留まり、ちょっとずつ仕事をいただけるようになりました。

その頃はＮＨＫの「きょうの料理」を見て、「へ〜。こんな先生いはるんや。すごいなぁ」と思っていました。まさか自分がこんなふうになるなんて思ってもみませんでした。いろいろな方のご縁で今があること、本当にありがたく思っています。

仕事をする時、いつも心がけていたのは「もう一度この人と仕事がしたい」と思ってもらえる仕事をしようということでした。それは料理の美味しさ、美しさ、仕事のスピード、現場の雰囲気、気遣い、センス、レシピの再現率の高さ。そういったことすべてです。いい仕事をすると自分が磨かれます。そして、もっといい仕事がしたいと思うようになります。

生きていくこと、仕事することは、一生の勉強です。まだまだ学ぶことが多く、今はまだ道半ば。一生、頂点などないと思いますが、今、仕事をさせてくださっているスタッフの皆さん、生徒さん。読者、視聴者、クライアントの方々、家族、神様、仏様、関係者の皆様に本当に感謝しています。ありがたや、ありがたや。

料理も生き方も頑張り過ぎない

わたしは、自分では「なまくらだなぁ」と思うところもあるのですが、まわりの人からは「そんなに頑張らんでもいいんではないか？」とよく言われます。そうかなぁ。わたしのまわりには仕事がバリバリできて、段取りがよくて、働き者の素敵な女性がたくさんいます。彼女たちと話をしていると、「わたしなんか、まだまだだなぁ」といつも思うのです。

働くのが楽しくて仕方ないのですが、時々立ち止まって冷静になると「あれ？」と思うことがたくさん出てきます。忙しいという字は心を亡くすと書きますよね。あまりに忙しいと気づかないうちにそうなってしまうのです。子供の話をしっかり聞けていないとか、いつもだったら書けているお礼状がなんとなくありきたりのものになってしまっているとか、反省することばかりです。知らないうちに家族に寂しい思いをさせていることもしょっちゅうです。

生きることも、料理することも、バランスなんですね。贅沢な材料を揃えて「どうや！旨いやろ！」みたいな料理は美味しいけれど、わたしはちょっと違います。わたしが目指すのは、飛び上がるほど美味しいわけではないけれど、普通の材料なのにどこかしみじみして、「あ、もう一度食べたいな」と思う料理です。仕事や、家族や友達との付き合いも同じで、頑張り過ぎない関係が理想です。

わたしの上の世代の方は、いい奥さんでいなければいけないという呪縛が強くあって、自分自身でハードルを上げているところもあります。家はいつもピカピカで、引き出しの中まできちんと整頓されていて、凝ったお料理が出て、洗濯物にはどれもピシッとアイロンがかかっている。子育ても、近所付き合いも、介護も完璧で、旦那様を立てて…。こんなふうに家事を頑張っている主婦は、世界を見渡してもあまりいないと思います。

家でごはんは誰が作っても構わないし、男子厨房に入らずなんてナンセンス。子供も勉強ばかりしてないで、気分転換に料理を作ればいいと思います。

できないことや無理したくないことをはっきり伝え、わがままではなく自分が快適に生きていく道筋を整えるのも、これから生きていくわたしたちがやらなくてはいけないことなのかもしれません。

そこにあるのは簡単でいいから無理や無駄がなく、不必要な手が入っていない自然な料理。人付き合いも、掃除も、洗濯も、子育ても、介護も、そうであったらいいなと思います。タブロイド紙的な話、政治、宗教の話はしない。大きく許し合い認め合う。それがルールと思います。

作り置き、買い置きで、幸せな食事に

家族が家にいると、一日三回、食事の用意をしなくてはなりません。食べる時間もバラバラで、そのたびに台所に立つのはなかなか大変です。わたしはキッチンを片付ける前に、何か作り置けるものを用意します。材料はあるものでよく、切ってお鍋に放り込んで、おだしと薄口しょうゆをざっと入れて火にかけます。用事や片付けをしている一五分ほどで煮物が完成。これとご飯さえあればなんとかなります。

一日の中で一五分くらいの時間は実はちょこちょこあります。子供を塾に送っていく前や朝の外出前、掃除機をかける時間、シャワーをして身支度を整えている時間など。合間を見て、ちょっと何かを炊いておく、下茹でしておくといったわずかな時間です。常に何かを作って、ストックしておく。それがあるだけで余裕が生まれるのです。

わざわざ食材を揃えなくても、玉ねぎしかなければそれを切ってごま油で炒めて薄口しょうゆで味をつけて……これできんぴらができ上がります。お弁当に入れてもよし、お昼ごはんに卵をさっと焼いて合わせてお丼にしてもよし。晩ごはんのお肉の付け合わせにもよく、万能です。

作り置きの料理だけでもの足りなければ、納豆や小さめの充塡豆腐、ちくわ、ところてんなど、日本にはそのまますぐ食べられる食材がたくさんあります。そんな買い置いたものを大いに活用し、誰もがいつでも家で食べられる状態にしておくと、十分食事は整い、幸せな時間が生まれます。

季節を感じるドラマチックな「お買い物」

わたしは仕事で料理を作る時以外、献立を決めて買い物に行くことがほとんどありません。家にあるものをなんとなくチェックして、普通のスーパーに買いに行きます。ちょっとご馳走を食べたい時は、出入りのお肉屋さんや魚屋さんに電話をして注文することもありますが、お財布事情もありますから普段は安いスーパーで買い物をします。

まずは、野菜コーナーから。ひととおりを見て回り、「おっ、もうこんなん出てる」「わ〜、美味しそうやなぁ」と思うものを見つけては、それをカゴに。この時、淡色野菜、緑黄色野菜の両方が摂れるように、バランスを考えながら選びます。

さらに野菜コーナーの端にある季節の薬味をチェック。にんにく、生姜、ねぎは常備してあるとして、青じそ、みょうが、すだち、ゆず、レモンなどを品定め。木の芽やバジルなども旬の時は露地ものがすごく安く、菊の花も安い時はたっぷり入った一パックが二〇〇円以内だったりするので、そういったあしらいものも見逃さずに買います。無理して高価な時季に買うことはありませんが、賢くあしらいものを使うと料理が本当に生き生きしてきます。その時季にしか買えないものだからこそ気持ちが高まるのでしょうね。年中あるきのこも秋ならたっぷり使って季節感を出します。

常備しておく野菜や不足している調味料を買い、次に魚コーナーへ。美味しそうなお魚はつやつやとして、見ていると「わたしを買って」と訴えかけてきます。目が合ったら買わずにはいられません。切り身でも語りかけてきます。「わたしを買って」と。毎日のことですが、そんなやりとりの中にもちょっとしたドラマがあるのです。目に留まるものがなければ、肉コーナーで値段とのバランスを見ながら品定め。こうやって主菜を決めたら副菜になりそうなものをチェックします。魚の切り身が小さければ、副菜に肉を使ったり、お揚げさんを焼いたりしてボリュームを補います。

買い物は実は料理の中で一番大切な部分です。鮮度や品質だけではない、出会った食材を手に取った時の感動が食卓までそのままつながっているのです。「買って」と訴えかけていた魚をこんがり美味しそうに焼けば、今度は「食べて」と食べる人に語りかけてきます。

自転車で買い物に出かけた時、爽やかな風が吹いていたら、料理も爽やかになります。雨の日に買い物に行きそびれ、あるものでなんとかすます食卓もまたその日一日を表していて素敵です。一日一日生きていることを実感し、せっかくだからちょっとだけ季節や今日の終わりを楽しみたい。週一回の買い物でも、夜遅くの買い物しかできなくても、その中で何かしら季節のものを見つけられると、ちょっと食卓が変わる気がします。

その日に食べるのなら、わたしは賞味期限が近くて値引きされているものもすすんで買います。今、わたしが買わなかったら、その食材が捨てられてしまうかもしれない。夜遅くのスーパーにはそんなちょっとくたびれた魚やお野菜たちもいますから、少し力のない「買って……」にも耳を傾け、彼らをレスキューすることもまた幸せにつながります。いいことしたって気がしますから。そう、買い物ってとってもドラマチックなものなんです。

美味しいものだけでなく、本当の味を知る

料理屋の家に育ったというと「美味しいもんばっかり食べてたんやね」とよく言われます。それはある意味正解で、ある意味不正解です。

料理屋は、一生懸命揃えた材料の最良の部分をお客様にお出しするのが仕事です。ですから、その美しく切り取られた部分以外のものを店のものが消費します。

例えば、卵の黄身の味噌漬けが献立にあれば、卵の白身を毎日まかないで食べます。落ち鮎の時季になると、卵がいっぱい詰まったお腹のところはお客様に、切り落とされた頭と尻尾の部分は甘辛く炊いて店のものがいただきます。はじめのうちはすぐなくなるのですが、毎日ですからだんだんお箸が伸びなくなります。

おせちの時季は本当にすごいです。梅形に抜いたあとのにんじんや大根、亀甲形に切ったえび芋の端、花形に切った長細いれんこんの端っこなど、おめでたいものの裏返しです。これは今、わが家でも毎年のことです。子供たちに「あっ、これ梅の外」とか言われながら、家族で食べています。

これらの切れ端は、美味しいかと言われればそうでもないものもあります。でも、素

夏は暑く、冬は寒い京都は野菜が美味しく育ちます。野菜作りを経験して、農家さんのすごさと大変さ、本物の味を知りました。

材そのものが自然なもので、どれも余計な加工をしてないものが多いです。それを繰り返し食べていたことで、徹底してそれが料理の基本としてすり込まれ、自然に自分の味覚になっていったように思います。

野草も同じです。山で背負いカゴいっぱいに採った山菜を美味しく食べられるようにしようと思って、枯れたところや硬いところを取り除いて茹でてアクを抜いたら、こぶしひと握りくらいの量になることがあります。ところが、野菜はスーパーで簡単に買え、ほとんどのものが下処理なくそのまま使えます。それだけでほんとうにありがたいし、すごいことです。でも、本来食べるということは素材を調達し、手をかけるということ。そのことも山の暮らしで教えてもらいました。

田舎ですので、実家のお客様にはかしわ（地鶏）のすき焼きをお出ししていました。その時は、飼っていた鶏を絞《し》めて潰していて、「かわいそう」と思いますが、それが生きていくということ。だからこそ、命を無駄にしないように骨の髄まできれいにいただきます。それは、ぶりや鯖でも同じことで、残った骨はくだいて魚の餌にまでしていました。

今は人間の消費が進み過ぎたために、自然界に随分と負担をかけるようになってしまいました。昔のように、自然が暮らしから出た廃棄物を有機的に分解していくスピードの均衡を保つことは無理になりました。わたしが小さかった頃は、それらのバランスが保たれていた最後の暮らしだったように思います。

今、わたしが幼い時にしてきたような食生活を送ることは無理ですが、せめて食材そのままの味が素直にわかるものを子供たちに食べさせないといけないな、と常々思っています。

人の言うことより、自分の感性を信じて

わたしは、仕事で毎日のように献立を考え、レシピを書いています。いいレシピ、わかりやすいレシピを皆様にお伝えする仕事ですから、当然といえば当然です。でも、実は心のどこかに違和感を持ちながら、レシピを書いていることがあります。

例えば、煮物で「だし二〇〇㎖」と書きます。でも、家ごとに鍋の大きさは違い、「中火で一〇分煮る」にしてもコンロによって火力は違います。大きな鍋でおだし

二〇〇㎖を火力の強いガスコンロの中火で一〇分煮たら焦げます。ですから、料理教室や講演会では、あえて「レシピを信じ過ぎないで」と伝えます。

料理って五感を使って作るから面白いんです。

今日は、肌寒いから優しい味のおだしたっぷりの煮物が食べたいな。そう思ったら、材料を鍋に入れてその材料が浸かるくらいのおだしをひたひたまで注いで煮ればいいのです。翌日のお弁当用に甘辛の煮物を作りたいなら、おだしの量は最小限にして調味料を煮詰めたような煮物にします。

慣れるまでは、その感覚がわかりにくいからレシピを見て参考にしてくださるのですよね。そんな皆様のご用があってこそ、わたしのような仕事があるので、言っていることは本末転倒な感じもしますが、レシピよりも鍋の中と食べたいもののイメージを大切にしていただきたいのです。

人の言うことより、自分の感性を信じてもらえばいいのです。

自分の感性を信じて失敗をしたら、「あはは。ちょっと今日のは辛かったね。味なしのきゅうりでも切って食べとこか」と、生の野菜を食べて、お茶を飲んで、塩分排出を促し、「次は気をつけよ〜っと」でいいんです。それに目くじらたてる旦那さんなら

作り置いた料理があると、それだけで安心。ゆでたり、揚げたりして、おだしに漬けた野菜は時間のない時の一品になり、これに魚か肉料理、ご飯とお汁で一食になります。

「明日はあなたが作ってね♡」と言えばいい（ま、なかなか言いにくいですが）。

わたしのレシピも山のような失敗から生まれたものばかりです。「あ〜、あかんかった」「今度はこうしてみよ」。そうやって作るから、面白い。そうやって考えるうちに、自分らしい家庭の味が作られていく気がします。

調味料は身の丈に合うものを

料理教室でよく生徒さんに「どこの調味料を使ってはるのですか？」と聞かれます。多分、よほど高価で特別なものを使っていると期待して質問なさるのだと思いますが、わたしはスーパーで普通に手に入るものしか使っていません。

そうお答えすると皆さん「えっ‼　もっといいものを使ってはると思ってました」とおっしゃいます。期待を裏切って本当に申し訳ないのですが、家庭の味は、普通のものを普通に使って普通に食べることで安心を得るもの。無駄なものが入っていなければそれでいいと思うのです。

わが家に常備している調味料は、塩、砂糖、みりん、薄口しょうゆ、濃口しょうゆ、米酢、味噌、酒、こしょうの九種類。これでほとんどの料理を作っています。おしゃれなスパイスは買っても「次、いつ使うんだろう……」と思いながら賞味期限を待つだけ。棚を占拠していることが、皆さんの家でも多いのではないかと思いますが、いかがでしょう。

酢ひとつとっても、ワインビネガーやアップルビネガーを揃えなくても、ちょっと白ワインを足すとか、りんごジュースを入れるとかで、なんとなくビネガー風になればいいのではと思います。まったく同じにならなくても、美味しければいい。料理って味のバランスですから、うまくアレンジして最終的に調っていればいいのです。

そうは言うものの、普通のものを愛用するわたしにもわたしなりに、酒は料理酒を使わないとか、塩は自然塩で、といったささやかなこだわりはあります。こだわることは悪いことではなく、生活を豊かにしてくれるものもあります。

でも、取り寄せないといけないものや、高価なものを使ってストレスがかかるような無理をすることはないと思います。身の丈や生活に合った自分なりのスタイルを作る。それが一番素敵なことなのではないでしょうか。

ふだんのだしは「水だし」。冷水ポットに昆布、かつお節を詰めた茶葉パックを入れ、水を注いで冷蔵庫へ。一晩おくうちに旨みがゆっくり生まれます。

基本となる調味料の銘柄をあれこれ変えると味が定まりません。わが家の定番調味料を決め、自分の好きな味つけを覚えましょう。

ものは少なめ、手に合う道具があればいい

料理研究家の仕事をしていると「器とか、道具とか、かなりこだわってたくさんお持ちでしょう?」とよく言われますが、なんのなんの。

そのあたりに出しておいて誰かが触って壊してしまった時に、その人を恨めしく思うようなものは必要ないと思っています。極端に高価であったり、歴史的価値があって、大事にしまっておかなければいけないようなものは、わたしの生活や料理にはあまり必要ないのです。

気に入ったものを、毎日使う。そんな使いやすいものが好きで、使わないものは手元に置きたくありません。ですので、気に入って買った器でも、盛りつけにくいものや、料理が沈んでしまうものであれば、どなたかに差し上げたり、売ったりしています。

着物も、自分の雰囲気に合わないものは、どんどん売ったり譲ったりし、「いつか着るかも」とか「使うかも」はあまりないです。中には思い出があって捨てられないものもありますが、それは最小限にとどめるようにしています。

ものが多いと場所も要り、整理に時間がかかります。ものが少なく、使うものだけを

揃えていると、家中のものがすべて生き生きしてくるように感じます。「あなたにはあなたの役割があるのよ」と道具に言って聞かせる。そんな感じでしょうか。

わたしのお気に入り道具の中には、ものすごく安いものもたくさんあります。

高級なもの、高いものが必ずしもいいわけではありません。手になじみ、使い慣れたものがやはり一番です。使い慣れたものを使いやすい場所に置いて、いつでもささっと作業ができる。その快適さは料理の楽しさやクオリティを高めてくれるように思います。

器はたいそうにしない

器って、料理を最高に引き立ててくれるものです。

でも、これもたくさん持っているからよいのではないのです。器を選ぶ場合、家庭であれば特にですが、一つの使い方しかできないものはお持ちにならないほうがいいと思います。器にはお刺身を盛りつけても、煮物を盛りつけても、漬物を盛りつけても、果物を盛りつけても、さまになる器があります。そんな多用できる器を選ばれるといいです。

数人で取り回せるような大きめの皿と鉢が一つずつ。あと、人数分の七寸（径21㎝）くらいのカレーでも、煮物でも、お肉でも盛りつけられるお皿。そして、取り皿としょうゆなどを入れる小皿、茶碗、椀、湯呑み。箸とスプーン。湯呑みはコーヒーを入れてもよさそうなものだと便利です。それだけあれば食事を十分楽しめます。その一つひとつに思い出やストーリーがあれば、なおさら食事が豊かになると思います。

わたしは、仕事柄いろいろなところで料理をお伝えしていますが、その時に人数分のランチョンマットや箸置きを揃えるのが大変な時がありますと。四〇名から五〇名分の道具が必要な時もあり、かといってその時のためだけに買うわけにはいきません。そんな時は、半紙に消しゴムハンコで季節の絵柄を押したものをランチョンマット代わりにしたり、落花生や飴玉、時には手製の季節の落雁《らくがん》を作って箸置き代わりにしたり、いろんな工夫で乗り切っています。

買ったものより、手作りのもののほうがかえって季節感が出て素敵だったりします。半紙は使い終わったら心置きなく捨てられるし、落花生や落雁はデザート代わりになりますから。ない時はないなりに何とかなるのです。

無理して揃えない。たいそうにしない。それがわたしのモットーです。

調理道具は、包丁や箸がひと揃えあれば十分。いろいろな道具を使い分けるより、気に入ったものを長く使いこんで自分の手になじませるのが好き。

料理はスポーツと同じ。続けないと勘が鈍る

今は、どこでも食べるものが買え、食べに行くところもたくさんあるので、三食いつも家で食事をする方は少ないかもしれません。でも、基本的には簡単でいいので家で食べると決めておかれるのがいいとわたしは思います。

というのも、外食や購入して家で食べる中食《なかしょく》が多くなると、家にある食材のルーティンが悪くなり、料理しづらくなるのです。毎日作ってないと「あ、使うつもりの野菜がしなびて使えなかった」「あてにしていた味噌の買い置きがなかった」「あっ、しょうゆが悪くなってた」といった、気持ちが萎《な》えるシチュエーションが多くなります。そうなると「まぁ、いいか」となり、外食や中食がついつい増えてしまうのです。

よくないサイクルです。

外食や中食が悪いわけではないのですが、これを繰り返す時の不満足な気持ちが心のどこかにありませんか？　お金も使い、「あ〜、またやっちゃった」という少し後ろめたい感情も湧いてきます。

ご飯を炊いて、簡単なお味噌汁を作って、卵を焼いただけでも満足のいく食事は整い

ます。カロリーや栄養素を摂るものではありますが、なにより心の栄養になることが大切なので、不満足に感じる食事はなるべくやめたほうがよいと思います。

ちょっとだけ仕込んで、さっと作った料理でも心が満ち足り、いいことをした気分になります。料理はスポーツと一緒です。スポーツでは毎日柔軟運動をしないと体が硬くなるように、料理も毎日少しでも作らないと感覚が鈍ります。そうなると勘を取り戻すのに少し時間がかかります。

料理は手当て。作った数だけ悟りがある

料理上手になるには、何人分の料理を真剣に作ったか、という経験も大事です。

わたしは少し前までケータリングの仕事を一五年ほどしていて、結婚式の二次会や簡単なパーティなどに四〇人から一五〇人分くらいの料理をほぼ一人で作っていました。仕上げの盛りつけや揚げ物だけ手伝ってもらっていましたが、仕込みや調理はほぼ一人。内容は今から思うと、予算もあってお粗末なものも多かったとは思いますが、既製品の

手を借りることはしませんでした。これを続けたことは自分の自信にもなり、何よりとてつもなく段取りがよくなりました。

毎回作るたびに、残って戻ってくる料理、逆によく出る料理があり、その結果を見てなぜそうなったんだろうと考え、改善を繰り返すことで料理は上達しました。手を動かし、頭と感性を使って自分なりの答えを導き出すことが、何をするにも大切なのです。そこには大げさですが悟りの境地を感じました。

曹洞宗には「典座《てんぞ》」という役職があり、その役職の通念を大切にしています。それはあるものの中から工夫して料理に仕立て上げ、それを食べてもらって命をつないでもらう。その料理を作ること、食事を整えることこそが仏道修行である、という考えです。

ご馳走を作れというのではありません。材料を洗い、食べやすく切り、火を使って煮炊きをし、調味をして味を調え、器に盛って食べる。大根の切れ端でも、白菜の外葉でも、硬ければ細かく切ってよく茹でて使い、苦みが強ければ油を少し多めにして炒めてから煮ます。軽やかで歯切れがよければサラダにしたっていいのです。

材料を見てその状態を肌で感じて料理をする。料理とは手当てです。素材にうまく手当てをしてあげることで、なんでもないものが二倍も三倍も美味しくなります。そうすると、素材も、作る人も、食べる人も喜ぶ、〝三方よし〟です。うまくいった時は作った人が一番幸せかもしれません。

ものの命を有効に使うことは人助けをするのと同じくらい幸福感を与えてくれます。それが料理をする幸せ。食べるということ、食べてもらうということは、実はとても奥が深いものなのです。

「愛」をもって簡単に作る

わたしの座右の銘を聞かれるとき「料理は愛」と答えます。

なんだかありきたりな感じがしないでもないですが、実際、料理は面白いほど作った人の人となりを映し出し、どんな気持ちで作ったかが、ありありとわかります。

「面倒だな」と思って作った料理は面倒臭い味がしますし、慌てて作った料理はなんとなく落ち着かない味になるものです。とはいえ毎日のことですから、そんなに必死で念を込めることはないです。そんな料理はかえっておどろおどろしくて重たく、家の料理は簡単に作るに限ります。

わたしが若い頃はバブルの終わりの頃でしたから〝いいとこ（良家）〟のお嬢さんは働かないのが普通でした。花嫁修業をして〝いいとこ〟に嫁ぐ（それはいったいどこなのでしょうか？　いまだにわかりません）ために身なりを整えて、おもてなし料理を習いに行く。でも、結婚して毎日の食事がおもてなし料理だとしたら辛いですよね。

わたしは、おてんばで働き者で、いいとこのお嬢さんでもありませんでしたから、そんなふうに料理を習いに行ったことはありませんが、普通で単純で簡単なものがやはりいいなぁ、と思うのです。

これは偏見かもしれませんが、わたしの今までの経験によると、男性と子供は複雑な味があまり好きではない気がします。パンはハード系より柔らかい普通の白いパン、ご飯は雑穀入りでなく白いご飯。おかずも洒落たハーブとかを使うと不評で、変わった味つけが苦手です。ご飯に合う甘辛のわかりやすい味、それが好きですね。究極は塩おむすびでしょうか。

そんなにあれこれしなくていいのです。今日は疲れて帰ってくるから肉系にしようとか、行く時お腹が痛いって言ってたからあっさり系にしようとか。その程度の当たり前のことなのです。ただ、慮《おもんぱか》って相手の立場でものを思ってみる。それが「愛」であって、必死になることではないのです。

家の料理は、別に究極に美味しくなくていいと思います。普通に食べてもらえて、お互い無理をしない寛容な料理。味が薄かったらちょっとおしょうゆを足せばよく、量が足りなかったら豆腐でもサッと切って食べたり、食後に甘いものでお腹を補うのでもかまいません。そんな気負わず、ゆるい感じが家では美味しいのだと思います。

切っただけの豆腐に、塩をしたきゅうり、買ってきた餃子。おかずはこんな程度で、あとは炊きたてご飯とおだしの効いたお味噌汁があったら十分です。いい晩ごはんですね。あ、冷えたビールもお忘れなく。家で食べるってほんと幸せです。

わたしの日々ごはん

わたしの毎日のごはんは本当にシンプルです。大体が野菜たっぷりの煮物とフライパ

炊きたてのご飯は何よりのご馳走。土鍋で炊くと、もち米を入れたかのようなむっちりとした食感に。

普段の夕食は一汁二菜が基本。鶏肉の照り焼き、アボカドとトマトのわさびじょうゆ海苔和え、白菜とお揚げさんの炊いたんなど。ほぼ20分で完成します。

ン一つで作る主菜と添え野菜、あとお汁とご飯。夜はお酒をいただくことが多いので、ちょっとしたおつまみになりそうなものです。

煮物でよく作るのは秋から春までは筑前煮、大根とお揚げさんの炊いたん、白菜と豚ばら肉の炊いたん。夏場はなすの胡麻煮やじゃこ万願寺。いつ食べても誰が食べても美味しい安心する味が定番です。主菜は牛肉か鶏肉かお魚、豚肉もときどき。季節のものや美味しそうなものをフライパンで焼きます。この時、鶏の胸肉や脂の少ない魚は小麦粉か片栗粉をはたいて、油を多めに使って焼くとふっくらしっとり仕上がります。逆に脂の多い肉や魚は油なしで焼くか、グリルで焼いて脂を落とすようにします。

そうしてお肉か魚を焼いているフライパンの隅でお野菜を一緒に焼いてしまいます。そうすると添え野菜も完成。うちの子供たちは鶏の照り焼きが好きなのですが、鶏のも肉を焼いて裏返した時にれんこんや長芋なんかを入れて一緒に焼いたり、焼けた鶏にみりんと薄口しょうゆをかけて煮詰めて、最後に切ったピーマンを入れて焼いたり。野菜はあるもので、冷蔵庫の整理を兼ねてなんでも放り込みます。一本だけ残っているみょうがなどもアクセントになって美味しいですね。

お汁は水だしさえ作っておけばいつでもさっと作れますが、おだしが切れていたらお椀にかつお節かとろろ昆布と梅干し、薄口しょうゆを入れてお湯を注げば、あっという間に即席お汁の完成です。変なものが入っていない素直な味に「これでいいんだ」と思うこと請け合いです。

教室のこと、思いを伝えること

八年前になりますか、神戸にある「トアロード　リビングス　ギャラリー」さんが新しい教室スペースを作ったと伺い、今も大変お世話になっている関西のライターさんから、「教室をやってみない？」とお声をかけていただきました。

はじめは「いや〜。神戸の街中《まちなか》でわたしなんかがお教えするなんて……」と思いましたが、せっかくの機会。わたしのモットーは「やるかやらないか迷ったらやる！」ですからやってみようと奮起して始めました。ひとクラス一二名。わたしが京都から材料を持って行って、皆さんに少し手伝っていただきながら六〜七品の料理を作って一緒にいただく、というものでした。

慣れないうちは忘れ物がないか、気に入っていただけているか不安でドキドキしましたが、皆さん素敵な生徒さんばかりで助けられました。実際、自分が一人で作るのではなく、お伝えするということはレシピの整合性や作りやすさが大事で、自己流ではあやふやだったことがクリアになり、わたし自身、学ぶことが大変多かったです。

それから七年、神戸に毎月通い続け、今は京都でも月二回「八百一《やおいち》本館」さんで、こちらはデモンストレーションスタイルの教室をさせていただいています。いずれのクラスも生徒さんは家事の実体験がある方なので、慌ただしい毎日の中でどうすれば豊かで落ち着いたいい食事ができるか、そのちょっとしたヒントを求めて来てくださいます。

小さな頃から、買い物も自由にできない環境の中、あるものをなんとか利用しながら二〇人分の食事を整えてきたこと、子供にも義母にも食べてもらってきたこと、法事ごとや集まりごとを仕切ってきたことがわたしの財産になっているのだなぁ、と思うとすべてのことは無駄ではなかったのだと感じます。

仕事の後は、お酒とささっと作ったおつまみでリフレッシュ。料理アシスタント、秘書としても頑張ってくれている酒井智美さんと。

シンクに流したあれこれ

女の人って大変です。仕事して、子育てして、介護して、家事やって、近所のお付き合いもして、身なりにも気を遣って。おしゃべりもしないといけないですし。まわりを見渡しても、女性は元気です。いろいろしなくてはいけないことがあるからでしょうか、どんなことがあろうと工夫しながら毎日を整え、乗り越える。それも太っ腹で、おおらかに笑って。わたしのまわりには、気性が男前の男性はあまりいませんが、女性はほとんどが〝男前〟です。

時代が安定しているから、特にそうなのかもしれません。

男性と女性は、違う生き物なのだと、わたしは常々思っています。得意分野が違うのです。別に男性をけなしているわけではありません。男性には男性にしかできないことがあると思うのですが、今は女性が活躍しやすい時代のようです。生活をしていて介護も子育ても経験し、今、世の中で起こっているいろいろな問題に関して他人《ひと》ごとではないといつも思います。

テレビでは、毎日のようにコメンテーターの人が正論や正義を振りかざして社会を批判、批評されていますが、人間ってその立場を経験してみないとわからないことがたくさんあります。彼らが言うような、きれいごとだけではすまないんです。

毎日笑っているわたしでも、辛かった日々がたくさんありました。腹が立って、辛くて、悲しくて、寂しくて。でも、そんな時にわたしを救ってくれたのはキッチンでした。腹が立って言い返しても何も解決しない。そんなモヤモヤした気持ちをたくさん抱えながら、キッチンに立って無心に野菜を洗い、刻み、料理して片付ける。そうすると、心がすーっと落ち着いていくのです。腹立たしかった気持ちが水と一緒に洗い流され、シンクから排水口に吸い込まれて消えていくのです。

泣きながら料理したことも何度もあります。辛くて、苦しくて……世の中の女性はみんなそうなんじゃないでしょうか。今は覚えてないくらい、シンクに流したたくさんの思い。流してよかったです。立ち向かったところで何も解決しないことがほとんどです。

心を落ち着けてよく考える。女性は、特にお母さんは、どっしりと構えていなければいけません。家庭の土台がお母さんなのですから、揺るがない土台にならなくてはいけないのです。キッチンに立って、心を整えて、また、笑顔で明日を生きていきたいと思っています。

執着心よりも好奇心

わたしは執着心があまりない人間だと思います。人にも、ものにも執着して生きると息苦しくなり、自分で自分の世界を狭くしてしまう気がするのです。

料理もそうです。これがないと料理ができないと思うと、料理自体も堅苦しくてつまらない味になってしまいます。ちょっとぐらいなら、ないものがあっていいのでは。そう思うのは、わたしが山育ちだからでしょうか。

小学生の頃、わたしはお菓子を作るのが大好きでした。低学年の時に「ママレンジ」という電熱で小さなホットケーキが焼けるおもちゃが大流行しており、それを買ってもらって嬉しくて、嬉しくて、そこから火がついたのです。山の中で大したおやつがなかったこと、卵と砂糖と小麦粉とバターでいろんなものが作れるという面白さを知ったことが拍車をかけた理由かと思います。小学校高学年頃に親戚のおじさんから『可愛い女《ひと》へ。お菓子の絵本』という本をもらってから、さらにのめりこみました。たしか入江麻木《まき》先生他たくさんの先生の監修だったかと思いますが、お話とお菓子の写真がレシピ付きで載っていて本当に素敵な本でした。

でも、山の中ですから材料はなかなか揃いません。レシピを見て、コーンスターチとあればとうもろこしのでんぷんだから代わりにじゃがいものでんぷんの片栗粉で作ってみようとか、ゼラチンがなければ寒天で代用できないかとか、子供なりにいろいろ考えて作りました。

同じものはできていなかったと思いますが、ものの特性を見極めて代用を考え、なんとか形にしていました。これは不便な環境にあったからこそ身についた術《すべ》です。そこにはこだわりなんてありません。自分で工夫してやってみて、失敗したり成功したり、それがなぜダメだったのか、考えて前に進む。普通のことですが、とにかく楽しくて仕方ありませんでした。

大人たちが忙しかったので、好きなようにやらせてもらっていたというのもありがたかったです。たくさんの失敗があってこそ、学ぶことが増える。そんなあくなき好奇心は今もわたしの中にはあります。

執着は捨てて好奇心を育てたほうが、面白いことや楽しいことが増える気がします。そのことを子供たちにも一番感じてほしいと思っています。

アトリエを作る

この仕事を始めてから、撮影等はずっと自宅でしていました。子供が帰って来る時間も家で仕事をしていれば「おかえり」と言えますし、主人のお昼ご飯もついでにささっと作れますから、多少ごたごたはしつつも家でやるのは便利で都合がよかったのです。でもだんだん忙しくなってくると、今まで家庭の延長で自然体にしていた仕事も、プロとして恥ずかしくないものにしていかなくてはならない状況になってきました。

今住んでいる家は主人の代々の家ですから、わたしの都合だけでものごとが進んでいくわけではありませんし、やはり自分の空間を作らなくてはいけないなと考え始めました。一年ほど物件を探しながら過ごしてましたら、自宅のすぐ近くにちょうどいい空き物件が出たのです。

京都は場所によって生活文化が多少違い、わたしが今住んでいる場所は街中でありながら古い建物も残っていて、大通りから一本入ると不思議なくらい静かなのです。そしてなにより、わたしが必要とする道具やお茶、食材など、ありとあらゆるものが自転車で五分圏内で調達できるという便利さがあるので、このエリアで探すことが理想でした。

しかしながらなかなか手に合う物件はありません。
ある日、主人が「新聞のチラシでこんなん出てたで」と教えてくれました。近くなのですぐさま見に行き、外観を見ただけで「これだな」と直感しました。他にも買い手がいらしたようですが、わたしに縁があったようです。でも当初はボロボロで汚れて薄暗い家でした。それを木島 徹《てつ》さんにお願いして完全リフォームしていただいたのです。木島さんはずっと以前から気になっていた建築設計の先生です。雑誌などで作品を拝見したり、手がけられたお店に伺ったりしてそのセンスのよさに感心していました。ちょうどその時、お友達の采野《うねの》さん（京都のおだし屋さん）が木島さんにお店を作っていただかれたばかりで、ご紹介をお願いしましたら快くお引き合わせくださり、ご縁がつながりました。

　建築設計の方にお願いするのってなんか悩みますよね。あまり主張が強い方だとやりにくいし、主張がなくても困るし、あまり設計料が高くても困りますからね。でもそのあたりもノーストレスで、何度か打ち合わせをしたり、設備器具を選びに行ったりしましたが、お互いのセンスが似ているのでなんでも「あうん」の呼吸でどんどん計画が進みました。

自宅近くに作ったアトリエは、一軒家を和の空間にリノベーション。入る時に感じる木の香りや花の匂いに心がときめきます。

お世話になった工務店の方もとても親切で、プロの目から見たアドバイスが実に的確で助かりました。日本の木をふんだんに使い、土壁を塗ってもらって。どの仕事もそれぞれ素敵な職人さんがきちんとしたいい仕事をしてくださる。その道具も手も美しく、惚れ惚れしました。工事は冬だったので寒く、吹きっさらしの中、朝早くから夜遅くまで頑張ってくださった皆様には、本当に感謝しています。

自分の空間が徐々にでき上がっていくのを見るのは何よりの楽しみでした。嬉しくて嬉しくて。でき上がって三年になりますが、今でもアトリエの鍵を開けて入る時に漂う木の香りに心がときめきます。

ここで自分の世界を広げていくのだ。そんな決意と喜びが、アトリエ完成とともにわたしの心に芽生えました。

撮影：浮田輝雄

第三章

京都に暮らす

買い物の多くはご近所の寺町通へ。食材をはじめ、お茶やお菓子、器や花を買うのもほぼこの界隈。

茶 一保堂

京都人のわたしが思う京都人

ご縁をいただいて、数年前から「京都人の密《ひそ》かな愉《たの》しみ」というドラマの料理監修とドキュメンタリーの一部の料理コーナーを担当させていただいています。NHK　BSプレミアムで、不定期に放送されている番組なのですが、とても素敵な番組で、テレビ界の栄誉ある賞もいただきました。

この番組に携わるようになってから、京都人という言葉が、世の中でもわたしの中でも流行り出しました。番組の中で「日本には二種類の人間がいる。日本人と京都人だ」というフレーズが出てきます。なるほど。そうですね、そうかもしれない。わたしたち京都人はちょっと違うのかも。いや、京都人というか、京都人みたいな人は他の場所にもいらっしゃると思うのです。でも、京都にはそういう人間が多いかもしれません。

よく「京都の人はイケズ（意地悪）」と言われますが、そんなことはあらしません。わたしにしてみたら京都の人ほど愛情深くて親切な人はいないと思います。

例えば、わたしには三五年もの間、なにかと気にかけて応援してくださるおば様がいます。親戚でもなんでもないのですが、本当に若い頃からで、今のような仕事をするずっと前からです。そんなに頻繁に連絡をするわけでもなく、わたしがちょっと悩んでいる時になんとなく連絡をくださって、ごはんを食べに連れて行ってくださったり、お話を聞いてくださったり。センスがよくて美人のおば様は決して叱ったりなさらず、「千鶴ちゃん、もうちょっと頑張ってみよし」と、そっと背中を押してくださいます。

京都の女性はとても芯が強くてしっかりして、でも家を守るためにしんぼうして生きています。自分一人のことではなく、家族だけでもない。働いてくれている人、業界の人、ひいては京都全体のことを考えて生き、行動しています。だからこんな血のつながりのないわたしのことも上手に引っ張って、京都人の生き方を教えてくださいます。その中であかんことはあかん、とも言ってくださるのです。愛がないとできません。

京都は宮中や社寺仏閣に貢献するために多くの美しいものを作る習慣が根づいている町です。それゆえ、お金儲けだけを考えている人や、自分のことだけ、その時代だけのことを考えている人は嫌われます。

例えば、わたしがこうしてお仕事させてもらえるのも、たくさんの京都の職人さんに支えられているから。撮影で旬の素材を調達しなければいけない時、季節外れの食材でも電話一本で揃えてくださる八百屋さん。使いやすいようにていねいに処理をした魚を届けてくださる魚屋さん。器が欠けたら前より美しくなるくらいの金継ぎをしてくださる金継ぎ屋さん。着物が擦り切れたら上手に掛け継ぎしたり、八掛《はっかけ》を替えたりして、親身に相談に乗ってくださる呉服屋さん。

数え上げればきりがないくらいの素晴らしい技術を持った職人さんが京都にはいてくださいます。その職人さんたちは決して高飛車になることなく、贅沢もせず、いつも自分の仕事を通して研鑽《けんさん》を積み続けておられます。親切で、温かくて、本当に頭が下がります。そんな京都人は、知ったかぶりをする人、お金で解決しようとする人、土足で人の領域にずかずかと踏み込んでくるような人、偉そうな人を嫌います。気持ちよく過ごしたいから、何よりも信用第一。だから一見《いちげん》さんお断りの文化があるんです。

そんな京都人のわたしから見たら、他府県の人はあっさりしてはるなぁ、と思います。他所の方から見たら、京都人は忖度《そんたく》し過ぎに見えるんでしょうけれど、わたしたちはこれが快適なんです。面白いですね。

普段の買い物はお店をひと巡りし、食材を選びながらその日の献立を考えます。撮影のための野菜はいつも新鮮な地野菜が揃う『八百《やお》廣《ひろ》』さんで。

あるものを生かす幸せ

京都の人はあるものを生かすのが上手です。工夫して上手に暮らす。建物でも、前の柱がきれいだったらその意匠を残してセンスよく新しいものと合わせて使うとか、古布や古裂《こぎれ》でも部分取りして違うものに仕立てるとか。そんなものを見るのも、使うのも好きです。料理でも無駄なく素材が使われている料理をよしとし、ごちゃごちゃとしたものを嫌います。

もともと禅宗の考え方が一般の人にもしっかり根づいているからそうなるのだろうなと思いますが、毎日の暮らしの中で、ものを生かす習慣がついています。そもそも、古くなっても、傷んできても、使い続けたいと思うものを手に入れる、ということがまず大切なのだと思います。安いからこれにしとこか、無難やしこれでいいか……わたしもそうする時もありますが、よく考えないと必ずあとで後悔します。好きなもん、大事なもんには神様が宿ります。その命を無駄にしたら冥加《みょうが》が悪い。それを生かしてセンスよく過ごせたら、自分の暮らしも心あるものになります。まずは掃除。そして使いやすく暮らしに沿ったものの数々。そこにその人なりの暮らしを紡いでいる安心感ができる。

それが家庭の楽しさであり、美しさであると思います。

ピカピカに白い部屋は苦手です。ちょっとへこんでいたり、軋《きし》んでいたり、傷があったり。人間も一緒で、完璧な人よりちょっと不器用な人のほうが面白いですね。京都には実はそんな人がたくさんいます。「変わってはるなぁ」と言いながら、ちょっと微笑みつつなんとなく受け入れている人たちです。

例えば、昔の出入りの呉服屋さん。「ええの見といてや」と頼んでおくと、まったく音沙汰なしのまま一年くらい後に完璧なものを持ってきてくださいます。

漆のお直しの職人さんは看板もないお店で、修理のものを持って行ってもいつできるとも、金額さえも教えてもらえない。受け取り伝票もない。メモに電話番号を書いておいたら、半年くらいしてやっと電話があって、受け取りに行ったら、そらええ仕事してくれてはります。どんぴしゃりで唸るような感性の共有がそこにはあるのです。

時間に縛られなくても、いい仕事さえしていれば生きられた。時代もよかったんでしょうけれど、目くじら立てずそんな人をずっと見守って育てる。そんな懐の深さがあるのも京都のいいところだと思います。

ランチョンマットや箸置きは手作りのものを。消しゴムハンコの絵柄や落雁の形で季節感を出し、落雁は箸置きとして使った後、デザートに。

年を重ねても、素敵な女性

わたしが若い時から今まで、何人か本当に「この人素敵だなぁ」と思う女性に巡り合いました。

今、実名で公表するのは控えますが、その方たちはよく知るとみんな若い時になんらかの激しい恋をしたり、お仕事や家庭のことで辛い時期を乗り越えていらっしゃって、それを飲み込み、消化して、やっと今、美しい老齢の時を迎えておられます。お年を召しても本当に銘々美しく、素敵でいらっしゃるのです。センスがよくて、聡明で、料理が上手。インテリジェンスがあり、なにか悟りがあるといいますか、落ち着いていて所作、振る舞いが美しい。自分自身の熱い心に正直に生きていらした方の年のとりざまは本当に憧れです。

熱い想いは純粋な心に生まれます。その純粋さを持って生きてこられたことが彼女たちを輝かせるのかもしれません。繊細にものを感じるセンサーを持っているということは、とても素晴らしいこと。若い時はなおのこと感受性が強い。その感受性を失わず保ったまま生きていくことが若々しさにつながる気がします。

感動をしなくなるのも、感動を作り出すのも自分。年をとると自分が聞きたいことしか聞かないし、わからないことは排除しがち。でも、そこに好奇心を持って毎日を暮らしている人は男性でも女性でも輝いています。ちょっとくらい辛いところがあったり、心配なことがあったりしても、それを表に出さない。口に出してしまうとまわりの空気がどんよりしますからね。

なんとなく幸せ@京都

他府県の方から言わせると、京都って窮屈そうに感じる方も多いみたいですが、懐に入ってしまえば本当にためになるし、育ててもらえます。京都で活躍なさっていらっしゃる舞妓さんは、最近はほとんどが他府県の方で、道具屋さんや宮大工さんも京都以外の方が多いです。でも、皆さん修業を積むうちに本物の京都人になられて素敵だなぁ、と思います。

人が人を育てる。初めは厳しい修業が必要ですが、拙速にことを進めず、ものの本質をよく見極める忍耐力と目を育てます。そして、何よりも人にしっかりと頭を下げて教えを請う、その姿勢の大切さを学びます。そうやって人として、職人さんとしての礎ができ、その上に毎日の研鑽が人を作る。そういった人間関係が濃厚なので、都会でありながら、田舎暮らしのような雰囲気があります。

わたしが今住んでいるのも街中ですが、町内のつながりがしっかりしています。京都では地蔵盆といって八月の下旬に各町内のお地蔵さんを囲んで子供を集めてゲームをしたり、数珠回しをしたりして一日一緒に過ごして町内で会食に行く。そんな習慣がありますみんなでその日のために揃って準備をしてお飾りをして、子供が少ない町内でも、年に一回共同作業をすることで親睦をはかるのです。そんなことがあるので、いただきもののおすそ分けをし合ったり、買い物するところがすぐ近くにあってもしょうゆを借りに行ける親密さというか、助け合い精神に溢れています。

子供が小学校から帰るのが早くて鍵がかかって家に入れないと、お向かいのおばあさんが助けてくださったり、うちもまた別な家のお子さんを預かったり。窮屈に見えて、わりとおおらかで自由なんです。そんなご近所のつながりの深さも、京都の魅力と思います。

水とともに長い歴史を紡いできた京都。水が、食材、料理、食文化を支え、鴨川は流通、産業までも支えてきました。

水と知恵に育まれた美味しい京都

京都は料理が美味しいです。

どうしてかというと、まず水が軟水であるということ。その水量は日本一大きい湖である琵琶湖の水量と同じくらいの水が京都の町の地下には流れていて、その豊富な伏流水が味の基本であろうと思います。

日本には軟水の名水が出るところがたくさんありますが、京都は水だけでなく、その水と好相性の昆布が手に入りやすかったこともあると思います。北前船が北海道から越前に到着し、陸路で大阪まで運ばれる途中に京都があり、昆布だし文化が生まれました。昆布だしは軟水でないと出にくいんです。そうして出した昆布だしは、禅宗の精進料理にもうってつけでしたし、何といってもだしは野菜料理に合います。

京都は夏が暑くて冬が寒いので、野菜が美味しく育ちます。また、京野菜という特色のある伝統野菜もあります。そんな美味しい野菜をだしに薄口しょうゆをたらした汁でコトコトと煮含めるのです。水が美味しいということは水をたくさん使う豆腐や、湯葉、生麩《なまふ》、酒など、水を使うすべてのものがまろやかで美味しくなるのです。これらを専門に扱うお店では、今でも井戸水を使って仕事をなさっています。水が美味しく、きれいで豊かであるというのは本当にありがたいことだと思います。

京都は実は山も深く、海もあります。ですから近郊の野菜以外にも、山の食材や海の食材が手に入ります。昔の京都は今のように輸送手段が便利ではありませんでしたから、舞鶴や福井の若狭で獲れた魚に塩をして一日かけて運び、その輸送路は「鯖街道」と呼ばれました。そうして手に入った塩鯖でお祭りの日には鯖寿司を作るのが昔からの習慣でした。

祇園祭の頃になるとこぞって食べるのが鱧《はも》です。祇園祭は別名、鱧祭といわれ、この頃に獲れる鱧は、梅雨時分の山から流れ込むミネラルをたっぷり含んだ水を飲んで美味しくなるといわれています。昔は夏に手に入る魚といえば鱧くらいで、瀬戸内で揚がって夏の暑い時季でも生きたまま淀川から鴨川へ運ぶことができる唯一の魚でした。小骨が多く、魚が豊富に獲れる瀬戸内では外道《げどう》として食べない鱧を、京都まで運んで、さばいて骨切りをして美味しく食べる。そんな工夫は海に囲まれた日本の中で、海から遠く、魚が貴重だった京都だからこそ生み出された食べ方なのです。なんとか手に入れたものを大切にていねいに加工して美味しく食べる。京都ならではの食文化と思います。

京都では、川魚も昔から食べていたんです。鴨川が流れ、琵琶湖も近かったですから。京都の人は少ない肉や魚をたっぷりの野菜と一緒におかずにして食べます。そんな料理が主で、今でも京都の料理は野菜料理やないかなぁ、と思います。

それともう一つ、材料調達に街のサイズが京都はちょうどいいんです。タクシーで二千円分くらい走ったら、ちょっと郊外に出ます。三方を山に囲まれた京都では、走ればすぐ山裾です。そのあたりでは昔からの伝統的な野菜を作っていらっしゃる農家さんがあり、その農家さんが朝採った野菜を昔は大八車、今は軽トラックに積んで「振売《ふりう》り」という出張販売に出られるのです。

何曜日の何時頃にはそのトラックが来る、というのを街中に暮らす奥さんたちはわかっていて、その時間になると井戸端会議をしながらお買い物。新鮮で、信用できる野菜が簡単に手に入ります。生産者さんの顔を見て買い物ができるなんて、本当に贅沢です。きっと心の満足があるのでしょうね。

こんなふうに手に入れた野菜と少しの魚を美味しいおだしで調理して、豆腐を食べていたら、なんか幸せなのです。暮らしを楽しむというのはこういうことなんやろなぁ、と思います。

山あり、川あり、海ありの京都。生まれ育った花背は
いつ来ても幸せな気持ちにしてくれ、自分が自然界の
パーツの一つであることに気づかせてくれます。

鴨川散歩で季節を感じて

わたしは気が向けば鴨川によく散歩に行きます。鴨川は京都市の少し東寄りを縦断して流れています。今出川通《いまでがわ》までは賀茂川と高野川、そこでY字に合流して鴨川となります。橋に立って北を向けば実家につながる山があり、南を向けば繁華街の明かりが見えます。いつもきれいに整備されつつも、夏にはホタルが飛びかい、川に入れば鮎やゴリなど、いろいろな魚がいます。冬はユリカモメが有名ですが、カワセミもしょっちゅう見られ、街中ですが自然が豊かです。

そんな鴨川をちょっと走ったり、散歩したりする時、山育ちのわたしは山で見られるいろいろな植物を発見するととても嬉しくなります。川岸に生える桜のつぼみの様子や、花びらの流れていく様子、葉っぱが色づく様子も楽しみです。そんなもんばっかり見ているので、知り合いとすれ違ってもわからず「大原さん、鴨川で見かけたけど地面ばっかり見て歩いてはったわ」と言われたりしています。

街にいても、自然のサイクルは変わりません。桜が咲いて、ユキヤナギが咲いてレンギョウが咲いて、ヤマブキが咲いて、ヒルガオが咲いて、ルドベキアが咲いて、ススキの穂が出て、桜の葉っぱが色づいて、紅葉が赤くなって、南天の実がなって、あっという間に一年が過ぎます。それらを見つけるたびに胸が高鳴り、どんな宝石や美術工芸品よりもその美しさや儚《はかな》さに感動します。

そんな気持ちを持てた日はいつもと同じ料理でも、季節の空気が感じられるものになっていると思います。余談ですが、昔聞いた話。「お嫁さんもらう時は花の名前をよく知っている人をもらうといい」そうです。ご参考までに。

齢《よわい》を重ねた今こそ着物

わたしは、仕事の時に着物でいることが多いので、世の中の人はわたしが毎日着物を着ていると思っておられるようですが、そんなことはありません。半分くらいは洋服で過ごしています。洋服も大好きです。高いものはあまり買いませんが……。

着物は、実家の仕事を夏休みに手伝うようになった一八歳の頃から着始めました。はじめのうちは着崩れて、仕事が終わって鏡を見たら裾がスカートのように広がって、本

草履は『祇園 ない藤』で求めた二足を手入れしながら20年以上愛用。
着物は紬や絣などの織りの着物が多く、八掛を替えたり帯や小物を変えながら楽しみ、中には30年以上着ているものも。

当、見られたものではなかったです。それでも毎日着続けていると、さまになって似合うようになってくるんです。面白いですね。髪も毎日アップにしていると、なんとなく生える向きが変わってきます

着物は、わたしは織りの着物を着ることが多いのですが、この手の着物ばかりを着ていると、洋服も麻や木綿のものが似合うようになり、絹のような風合いのものは似合わなくなるんです。不思議だなぁ、と思います。

着物を着ていて一番いいなぁ、と思うことは、所作が変わるということです。手を伸ばしてものを取ろうとする時に自然と袂《たもと》を持つ仕草とか、立ち座りの時に裾《すそ》を合わせるようにそっと手を添えるとか、歩く時の歩幅などにも気を配るようになり、所作が美しくなる気がします。

また、着物に限らず、着るものは心をシャキッと気を引き締める効果があります。さあやるぞ！って感じです。着るものは心を整えるという意味でも大切なものですから。

そして、この年になって思うことは、着物は意外に経済的だということ。皆さん「え～っ⁉」とおっしゃるのですが、着物はデザインがずっと変わらず、自分の好みも、似合うものも、年齢がいってもあんまり変わらないんです。ですから、好きで買った着物は

三〇年以上着ています。新潟の小千谷《おぢや》木綿とか、本結城《ゆうき》とか。

とはいえ年はとりますから、帯合わせはほぼ毎年変えています。よく着る着物は、八掛が擦り切れることもしょっちゅうで、その時は八掛の色も年相応に替えます。

八掛の色が変われば着物はグッとイメージが変わるんです。先日いつものように八掛を替えてもらおうと「だいやす」さんという着物屋さんに持って行き、「前のと同じでいいです～」とお願いしたら、お店の方が「えっ。これピンクですよ。今から着はるんやったらもうベージュとかにしとかはるほうがよろしいで」ですって。失礼なもの言いのようですが、そんなふうに言ってくださるなんて本当に親切です。「ほんまやね～」って、二人で大笑いしました。

こんなところが着物の楽しみでもあり、そのおかげで大事に長いこと着ることができます。これが洋服だったらどうでしょう。きちんとした席に伺う時にはスーツが要ります。でも、スーツは時が経ったらデザインが変わってしまって時代遅れになってしまいます。これ二回しか着てないのよ～、高かったのよ～、ってことになるんです。さらに、洋服だったらヒールの靴を履かなくてはいけないことも多く、これが結構辛いのです。ウエストサイズも年々変わり、そのまま置いておくとクローゼットの中がすぐいっぱいになり、靴もいっぱいになります。

それに比べ、着物は多少のサイズの変化はものともせず、履物も草履なので楽々です。実はわたし、草履は二足しか持っていません。あとは雨用と、黒い喪服用と下駄を三足。草履は誂《あつら》えなのでいくら履いても疲れず、汚れたら鼻緒を替えたり、底を張り替えたりしながら二〇年以上履いています。もの持ちがとてもいいのです。

お世話になっている「祇園 ない藤」さんという草履屋さんにメンテナンスに持って行くたびに「儲からないお客さんですみません」って言いながら、また、一緒に笑ってます。

こんなふうに着物も草履もしょっちゅう買い替える必要がないので、とても経済的です。また、着物は平らにたためるので収納の場所要らず。ちょっとした工夫で楽々な着物生活ができるんです。

齢を重ねるほどに楽しんで
着られるようになった着物。
気持ちが引き締まり、心を
整えてくれます。ふだんの
帯は半幅で手軽に。

好きなもの、好きな場所

わたしの好きなこと、それは料理を作って食べること。なぜ料理が好きかというと、料理って手軽に深く自然を感じることができるからなんです。

野菜でも魚でもお肉でも、材料となるものはこの地球上のどこかの自然を利用して作られていますよね。甘い白菜はどんな環境で育ったから甘くなってるのか、このきのこの香りはどうしてこんなに強いのか、このイカはなぜ煮ると硬くなるのか。そんなことを考えるのが好きなんです。

お酒もなぜこのウイスキーはスモーキーなのかとか、なぜこの日本酒は淡麗なのかとかを考えると、その自然環境だけでなく、造り手さんのこだわりや性格までわかる気がして面白いです。それと、重ねてきた時間を感じるのも悠久の時を旅するようで幸せな気持ちになるのです。

だから、わたしは家族と旅行に行く時もなるべくキッチンのある所に泊まって、市場を覗いてなにかしら買って、作って、食べてみます。そうすると新しい発見がいっぱいあって、その地元のことがとてもよくわかるのです。

自然のものでいうとやはり花も大好きです。実家の母は素晴らしい花を生けます。山にあるものを使って一年中お客様のお部屋に花を生けます。実家に帰るとそれを見るのが楽しみで、準備が整ったお部屋を見に行って癒されています。

子供たちにも実家に連れて帰った時はその空間を見せて、その空気を味あわせています。感性は育てるもの、感性は財産だとわたしは思っています。そして、その人の感性を一番揺り動かし、刺激し、感動させてくれるのは自然だと思っています。だから、山へ行ったり、散歩したり、庭を眺めたり、料理を作って食べたり。あとは美術館に行ったりもしますが、そこでも好きな絵画や美術品は、自然に感銘を受けて作られたものが圧倒的に多いです。

あと一番やりたいことは、いい苦労をなさった方とお話をさせていただくこと。時代のスピードが速くなりすぎている今だからこそ、昔の話や本質を見抜く方とのおしゃべりは本当に大切で貴重な時間です。

実家に帰った時は、いつも自然に触れ、山へ行ったり、川遊びをしたり。七夕の時には梶の葉に願いを書き、川に流します。

娘が小学校2年生のときに作ってくれたお手製のキーケース。わたしの宝物です。

旬のもので季節を、
日々のもので幸せを感じて

第四章

春

山育ちのわたしは山菜が大好き。ほんの一時《いっとき》のものなので、春の味覚として料理に取り入れ、あまり手をかけず香りや苦みを楽しみます。

春

山菜

春といえば山菜ですね。今は栽培ものがスーパーでも簡単に手に入り、二月頃からいろいろ出てきますが、本当の山菜のシーズンは四月の終わりから五月頃。桜が終わり、山の木々が一斉に芽吹き出す新緑の時に、同じように芽を吹きます。

山菜は扱い方が難しいと思われがちですが、スーパーで売っている山菜はわらび以外はほとんどのものが天ぷらにすれば一番簡単に食べられます。天ぷらが面倒なら少し多めの油で炒めるのもおすすめです。油が苦みやえぐみをコーティングしてくれるのでぐっと食べやすくなります。

山菜は茹でて使うことも多いですが、少量の重曹を加えて茹でると色がきれいに仕上がり、アクもよく抜けます。水にとって食べてみて、まだ苦みが強いようなら切ってから水にさらすと苦みが抜けやすくなります。いずれの山菜も持ち味は少し苦い風味。この苦みが人の体も芽吹かせて目覚めさせてくれるので、苦みを恐れず、その風味を楽しみます。

山菜天ぷら

【材料　作りやすい分量】

ふきのとう・うど・たらの芽 各適量、小麦粉 30g、揚げ油 適量、

塩 適量

【作り方】

① ふきのとうは葉の汚れを取り除き、軸を少し切る。うどは穂先を7㎝くらい落とし、食べやすい大きさに切る。たらの芽は外の硬い皮は外し、洗う。小麦粉を水60㎖で軽く溶く。

② 油を熱し、170℃ぐらいになったら①の材料に薄く小麦粉（分量外）をふり、衣をつけて揚げる。器に盛り、塩を添える。

筍

筍は、春の憧れの食材であって悩みのタネです。美味しく食べたいし、大好きだけどえぐみが残ってしまったり、食べきれず処理に困ったり。

えぐみは収穫後時間が経てば経つほど増えるので、手に入ったら早く茹でることが大

事です。そして、時間をしっかりかけて茹で、茹でたら冷めるまで鍋にそのままおいておくこと。米ぬかを加えるのはえぐみが抜けて甘みが加わるからで、なければ米のとぎ汁でかまいません。茹でる時にたかのつめを加えるとぬかの臭みが消せ、さらに重曹を少し加えるとよりえぐみが抜けるように思います。

長期間保存するには茹でた筍をお湯と共に口いっぱいまで入れ、蓋を軽くして煮沸して保存するのが一番です。瓶は清潔なもの、煮沸したものを用います。これが無理な場合は茹でた筍を小さめの乱切りにして水気をよくきり、筍300gにおよそ砂糖大さじ1をまぶして保存袋に入れて冷凍します。

筍は上品に炊くのも美味しいですが、家庭では鶏肉や油揚げなどの油のある食材と合わせるとおかずになりやすく、冷凍したまま炒めると砂糖をまぶしてあるのでしょうゆとおだしだけで味がつき、えぐみも感じにくくなります。

—— 茹で方 ——

筍は穂先を切って縦に切り込みを入れて鍋に入れ、たっぷりの水と米ぬか、たかのつめを加え、落とし蓋をし、竹串がすっと通るまで50〜60分茹でてそのまま冷ます。筍が鍋に入らない時は皮をむいてから茹でてもよい。翌日までそのままおき、皮をむいてきれいな水に入れて冷蔵庫で保存する。5日ほどで食べきる。

筍と鶏肉とスナップえんどうの炊いたん

【材料　四人分】
茹で筍　150g、鶏もも肉　200g、スナップえんどう　100g、みりん　大さじ2、薄口しょうゆ　大さじ2、サラダ油　大さじ1

【作り方】
①　スナップえんどうは筋を取っておく。筍、鶏肉をひと口大に切る。
＊水煮の筍を使う場合は、一度茹でこぼすと美味しくなる。
②　鍋にサラダ油を熱し、①の筍と鶏肉を入れてざっと炒め、油が全体に回ったら、①のスナップえんどう、みりん、薄口しょうゆを入れて、中火で汁気がほとんどなくなるまで時々混ぜ返しながら煮る。

実山椒

実山椒はほんの一時《いっとき》しか出回らず、一年分をこの時に処理しなければならないのでこの時季は本当に忙しいです。冷凍すれば一年もち、バラバラになっているのでいつでも好きな量が使えて便利です。ただ生のまま冷凍すると刺激が強くて他のものに香りが移るので、程よくアク抜きした実山椒がベストです。色もきれいで、これさえあれば年中使え、ちりめん山椒もすぐ作れます。

実山椒で煮たものは「有馬煮」とか「鞍馬煮」と言って、山椒の採れる地名で呼んだりします。小粒でピリリと辛い山椒が京都人は大好き。おうどんにもお蕎麦にも、お丼にも粉山椒をよくかけ、ピリピリとした刺激と香りを楽しみます。

――下処理の仕方――

生の実山椒の軸を取り、塩を少し入れた熱湯で約7分茹でて水にとる。たっぷりの水に一時間ほどさらしてアクを抜き、水気をよくきって保存袋に入れて冷凍する。

ちりめん山椒

【材料　作りやすい分量】

ちりめんじゃこ　50g、酒　小さじ1、しょうゆ　大さじ2、下処理した実山椒　大さじ2、みりん　小さじ1／2

【作り方】

① ちりめんじゃこはザルに入れて熱湯を回しかけて臭みを取る。

② 小鍋に水大さじ4、酒、①のちりめんじゃこを入れて中火にかけ、ちりめんじゃこに水分を吸わせるように炒りつける。水気がなくなったらしょうゆ、実山椒を加えて炒りつけ、最後にみりんを加えてさらに炒りつけ、ザルに広げて水分を飛ばす。

夏

野菜をちゃんと食べていると体が軽くなり、気持ちが穏やかになります。四季折々の野菜を新鮮なうちにいただくのが、一番のご馳走です。

夏

夏野菜

わたしは六年くらい畑を借りて野菜を作っていた時期があります。最初は一〇坪ほどの土地でしたが、四年してその畑が閉鎖され、代わりに見つかった畑は二七〇坪！　あまりの広さに手が合わず、二年で断念。大変でしたが随分といろいろなことを学ばせてもらいました。特に夏場は野菜とともに雑草も恐るべき勢いで成長し、雑草取りと芽かきや剪定《せんてい》、そして水やりに収穫と、てんてこ舞いです。畑に行くのが遅くなり、昼に野菜を収穫すると、太陽の熱で野菜が中まで温かいんです。そんな野菜は傷みやすいため冷蔵庫に入れて温度を下げてあげるようにします。

なすは、水気たっぷりなので、もいだら直ぐにツヤがなくなります。きゅうりは、水やりのタイミングとか蔓の誘引が下手だとまっすぐに育ちません。農家さんってすごいなぁ、と思い知りました。

夏野菜の保存術

①トマトときゅうりは冷蔵保存、ピーマンや唐辛子、なすは常温保存。

②とうもろこしは一刻も早く調理する。乾いて外れそうな皮だけをむいて、軸を切り落とし、皮ごとラップに包んで1本につき2〜3分、600Wのレンジにかけてラップごと冷ます。粗熱が取れたら冷蔵保存し、食べる時にラップと皮を外す。

夏野菜の簡単料理

①トマトは皮ごとすりおろして、塩も入れずにそのままジュースに。薄口しょうゆを足して素麺だしにしてもよい。

②きゅうりは縞目に皮をむいて食べやすく切り、塩をまぶして（3本に対して小さじ1目安）冷蔵庫に1時間以上おく。お弁当にもおつまみにも。

ぬか漬け

ぬか漬けは「良妻賢母」の代名詞みたいで、ちゃんとしてないとダメな人みたいに言われて、なんとなくコンプレックスの元のようなものになっていませんか？　ご安心ください。わたしもなんども失敗して腐らせています。

ぬか漬けは冷涼で風通しがよく、大所帯だった昔の日本の暮らしでこそ続けていけるものだと思います。うちの家はマンションではないので比較的涼しくて夏でも過ごしやすいのですが、それでもぬか漬けは冷蔵庫の野菜室に入れています。家族もそんなに多くなく、毎日食べるわけではないのでどうしてもあまりがちになります。

気温が高いとぬか漬けでさえ重く感じて、軽い塩漬けくらいがいい時もあります。冷蔵庫に入れておけば漬かる時間も長くかかりますから、二〜三日に一度くらい食べればいいですし、混ぜるのもそのくらいのペースでもなんとかなります。食べるペースをさらに落としたければ、時間がかかる大根やにんじんを漬けてもよいでしょう。

水分が多ければぬかと塩を少し足し、酸っぱくなれば塩を多めに足し、温度を下げてたかのつめを追加します。ぬかを入れすぎて固くなったら、きゅうりやスイカの皮など水分が出る物を漬けるとぬかが柔らかくなります。旨みが少なくなれば昆布や干し椎茸を補充し、その昆布や椎茸も美味しくいただけます。

食べ飽きたら保存袋に入れて冷凍庫で保存し、次のシーズンに新しいぬかと混ぜ合わせると、早くこなれた味になります。ぬか漬けも自分のやりたいようにカスタマイズしていいのです。

ぬか床

【材料　作りやすい分量】
生ぬか　500g、塩　65g、だし昆布　10㎝角　1枚、たかのつめ　2本、
捨て漬け用の野菜　適量

【作り方】
① 水500㎖を沸かして湯冷ましを作り、塩を溶かす。
② 生ぬかと①を合わせて混ぜ、保存容器に入れてだし昆布、たかのつめ、捨て漬け用の野菜を漬け、5日間毎日1回かき混ぜる。ここまでは常温で行う。捨て漬け用野菜がクタクタになって、ぬかが発酵してきたら野菜を取り出し、完成。その後、野菜室で冷蔵保存する。

生姜

生姜は体を温めてくれ、女性に大人気ですよね。すりおろして何にでも入れるだけで、夏も冬も大活躍します。

畑で作る時は生姜を埋めます。一年ぐらいすると元の生姜の上に新しい生姜が扇のようにできるんです。掘り起こすと下に古い生姜があってその上に新生姜ができていて、その様子はものすごく株が増えた感じがして嬉しくなります。本気で「お金も埋めて増えへんかな〜」とか思ってしまうほどです。

本来、新生姜の旬は秋口ですが、今は早ければ三月頃から店頭に並びます。よく作るのは、甘酢漬け、紅生姜、佃煮、蜂蜜漬けなど。いろいろ作りますが、紅生姜だけは絶対はずせません。焼きそばやちらし寿司の味の最後の決め手ですから。毎年の大切な季節仕事にしています。

紅生姜

【材料　作りやすい分量】

新生姜　200g、塩　大さじ1、米酢　大さじ2、梅酢　適量

【作り方】

① 新生姜は好みの大きさに切り、きれいに洗って水気を拭き、ポリ袋に入れて塩、米酢を加え、一晩冷蔵庫におく。

② 生姜を取り出して水気をしっかり拭き、梅酢に浸ける。冷蔵庫に保存して、2週間後から食べられる。

梅仕事

梅。大好きです。これなくしては生きていけないくらい。花も好きです。二月頃から天神さんや御所に梅見に行き、ぶらぶらしながら香りも楽しみます。花の形も枝ぶりも、桜より心惹かれます。たぶん、楚々《そそ》とした感じがたまらないのですね。

そして、新緑の頃となり青梅が店頭に並び始めると、心が騒ぎます。まずは青梅煮を作って、梅が黄色くなったら梅干しを漬けて。その梅干しを漬ける前の黄色い完熟梅に塩を漬けて食べるのが密かな楽しみで、それを肴《さかな》に焼酎を呑みます。美味しいんですよ(笑)。梅干しは漬けて常備しておくと、梅酢や赤じそ、種までも料理に使え、自分の味のベースになっています。

青梅の蜜煮

【材料　作りやすい分量】

青梅　1kg、砂糖　500g、塩　大さじ2

【作り方】

①青梅は、水でよく洗い、へたを竹串で取り除く。針を使って皮全体に穴をあける。1個につき60カ所くらい、種にあたるまで深く刺す。

②青梅をほうろうかステンレスの鍋に入れ、水をかぶるくらい注ぎ、塩を加える。火にかけ、弱火で沸かさないように8分ほど煮る。煮汁を捨て、少量の流水で冷まし、たっぷりの水を加え、一晩おく。

③青梅をそっと手で取り出し、広口の鍋に重ならないように並べ、砂糖を水500mlで煮溶かし、まんべんなくかける。火にかけ、ペーパータオルをのせ、沸かさないように8分くらい弱火で煮て、ペーパータオルをのせてそのまま冷ます。

④密封容器に移し替え、冷蔵庫に保存し1週間後から食べられる。冷蔵庫で夏まで保存できる。

梅干し

【材料　作りやすい分量】
梅　1kg、梅用の塩　130g、赤じそ（葉のみ）200g、赤じそ用の塩　40g、白梅酢

【作り方】
六月下旬

① 梅はよく洗ってから、ひたひたの水に浸け、1時間以上おく。ザルに上げて水気をきり、へたを竹串で取り除く。

② 水気をペーパータオルで拭き取り、へたを取った部分に塩（分量外）を詰め、保存袋に順番に入れていく。口を閉じた保存袋をバットに入れ、その上に同じ大きさのバットを重ね、梅の倍以上の重さの重石《おもし》をする。透明な梅酢（白梅酢）が上がってきたら重石を軽くし、赤じそが出回るまでおく。

③ 赤じそは葉をちぎってよく洗い、ザルに上げて水気をきる。ボウルに入れ、赤じそ用の塩を半量揉み込んで黒っぽいアクの汁が出るまでよく揉

み、ギュッと絞る。別のボウルに絞った赤じそを戻し入れ、残りの塩でもう一度同じように揉む。再び出てきたアクを捨て、きれいなボウルに絞った赤じそを入れ、②の白梅酢200㎖をかける。

④ 煮沸消毒した保存瓶に②の梅と残りの白梅酢を入れる。ほぐした③の赤じそを梅の上にまんべんなく敷き詰め、落とし蓋と重石をして、保存する。

七月下旬

⑤ 保存瓶から梅と赤じそを取り出し、平らな盆に間隔を置いて並べ、3日間天日干しする。夜は取りこみ、3日目は保存瓶の中にたまっている梅酢にも日光を当てて消毒し、梅だけは夜も出したままにして一晩夜露に当てる。

⑥ 保存瓶に梅干しと赤じそを戻し、落とし蓋をして保存する（重石は不要）。年明けに食べ頃に。

しそ

七月半ばを過ぎると、京都の大原の里の赤じそが盛《さか》りになります。つやつやとしたちりめんしそが畑一面に大きく育ち、明るい夏の日差しの中、風に揺れるさまはえも言われぬ美しい景色です。赤じそを車のトランクいっぱいに買ってきて（何年かは自分で畑で育てていました）、ちぎって洗ってしそジュースを作ります。

毎年恒例で、わが家は一時《いっとき》しそジュース工場に早変わり。家中がしその香りに包まれて、なんとも言えず幸せな時間。ペットボトルに詰めて、ラベルを貼って、お世話になった方にお中元としてお送りします。もう何年目でしょう。中にはこのジュースでアトピーが軽減したり、うつ病が改善したり、なんて嬉しいお言葉もいただきつつ、毎年の作る楽しみで皆様とのご縁をつながせていただいております。

季節仕事は大変だけれど、自分の節目。やらないと気持ち悪くていけません。できる限り、続けたいと思っています。

しそジュース

【材料　作りやすい分量】

赤じそ（葉のみ）４００g、青じそ 20枚、上白糖 １kg、

クエン酸 25g

【作り方】

①　赤じその葉を茎からはずし、念入りに水洗いし、ザルに上げて水気をよくきる。

②　鍋に水２ℓを沸騰させて①の赤じそと洗った青じそを入れ、１分を限度にゆがく。

③　②をザルで濾しながら、液を別の鍋に入れ、しそを軽く絞った絞り汁も鍋に加える。

④　③の液に砂糖を加えて煮溶かし、クエン酸を加えて火を止める。粗熱が取れたら清潔な保存容器に入れ、冷蔵保存する。

秋

秋

きのこ狩り

山に暮らしていましたが、きのこ狩りは何度かしか行ったことがありません。きのこは素人が採って食べるわけにはいかないので、よく知った人と一緒に山に入って探します。一度松茸狩りに行ったことがありますが、松葉に埋もれた松茸を見つけるのは至難の業、へたをすると貴重な松茸を踏みつけていた！　なんてこともよくあります。でも一生懸命探して見つかった時の感激はひとしおです。

山菜採りもそうですが、ものを摘み取るのって面白いです。自宅の近くに御所があるのですが、秋の雨の後に行ってみると、本当に面白いようにきのこが生えています。名前もわからないものがほとんどですが、見るからに毒々しく、危なそうなものや、美味しそうなもの。これを食べたら笑いが止まらなくなるかも……なんて想像しながら歩くのも面白いです。いずれにしても、きのこは木之子。朽ちた木に生えているのはほんの一部で実は菌糸の根っこが深く網羅し、森の命をつないでいます。そう思うと本当に自然とはよくできているなと感心します。きのこの香りは湿った落ち葉と朽ちた木が醸し出す森の香り。秋の山の香りです。もちろん、スーパーで買えるきのこにもそのDNAは受け継がれています。今ではスーパーできのこ狩り（笑）。年中お値段も安定していて、お安くて食物繊維が豊富でありがたいですね。

きのこを食べる時は、焼き過ぎに注意。ほとんどが水分なので焼き過ぎると美味しい水分がどんどん出てしまい、味気ないものになります。炒める時もあまり動かさずに焼き付けるように焼くと香ばしさが出て美味しくなります。そして忘れてはいけないのが柑橘《かんきつ》類。この頃にちょうど出てくるゆずがおすすめです。柑橘ときのこは絶対的に相性よしです。

なめこのゆず浸し

【材料　作りやすい分量】

生なめこ　1パック

浸し地…だし　1／2カップ、薄口しょうゆ・ゆず果汁　各大さじ1

【作り方】

① なめこはハサミで石突きを切り落とし、水で洗ってザルに上げる。浸し

地の材料を合わせて、ひと煮たちさせる。

②①のなめこを熱湯で10秒茹でてザルに上げ、熱いうちに浸し地に入れて混ぜ合わせる。冷めるまでおいて味をなじませる。

運動会

小さい頃は小学校と中学校、地域が一緒になった運動会でした。子供と父兄、地域の人がともに楽しむ運動会。つながりができて本当にいいものだったと思います。

お昼はお重に詰められた巻き寿司と茹で卵と唐揚げ。莫蓙《ござ》を敷いて、祖父母と兄弟と一緒に食べました。外で食べるお弁当は凝ったものでなくても本当に美味しかった。デザートは青いみかん。あの頃の早生《わせ》の酸っぱいみかんの香りは、いまだに思い出しただけで唾が出ます。誰かが近くで食べていたらたまらなくなる。酸っぱいもの好きのわたしは特にでしょうか。今はもうあまり食べられなくなったものの一つですね。

今、子供たちの小学校の運動会は子供たちだけがお弁当を教室で食べます。なんだか寂しい気もしますがそれも時代ですね。そんな話を母にしましたら、「へ〜。つまらんね。鹿児島の運動会は焼酎の一升瓶付きだったよ」と聞いて大笑い。今だったら大問題ですね。おおらかな時代がうらやましいです。

新米

新米は日本人にとって特別なものですよね。新米を炊く時のあの甘い香り。たまりません。

お米はそのまま食べるだけでなく、麴《こうじ》に姿を変えて酒、味噌、しょうゆ、漬物、あらゆるものに使われてわたしたちの食を支えてくれています。小さな時はおくどさんで一度に大人数のご飯を炊いていましたから、モウモウとした湯気や香りもご馳走でした。今では家族が三人の時は朝に二合炊いて、お弁当と朝ごはんにします。やっぱり炊きたてが一番なので保温はしません。そのつど炊きます。

米を洗って冷蔵庫にストックしておくと、早炊きで十分美味しいご飯が炊けます。自分で「自家製無洗米」などと言って便利に使っています。これ本当に美味しいので是非やってみてください。

干し柿

干し柿は娘の好物。渋柿を買って、皮をむいてぶら下げて。半干しぐらいが美味しいですね。好みの加減に干せたら、キッチンの中にぶら下げておくのですが、そうすると下から順番になくなります。パン食い競争みたいに子供たちがジャンプして食べていた頃もありましたが、そんな次男も今や身長一八四センチ。わたしの届かないところも取ってくれます。一つひとつの毎年の行事に思い出がいっぱい詰まってます。

干し柿

【材料　作りやすい分量】

渋柿・焼酎　各適量

【作り方】

① 渋柿はヘタと枝の部分は残して皮をむき、ひも（約70㎝）の両端に枝を結びつける。焼酎にサッと浸ける。

② お互いにくっつかないように物干し竿などにつるし、干す。表面が乾いたら、優しく揉む。

＊日当たりと風通しがよく、雨に当たらない軒下などで干すこと。

③　一週間くらいで全体的に表面が黒っぽくなればできあがり。だんだん硬くなるので二〜三週間で食べきる。

漬物

お料理屋さんに行って、美味しい食事の最後に出てくるお漬物が既製品だとわたしは大変がっかりします。逆にお漬物が本物だとそのお店は大概いいお店ですね。発酵もんは管理が難しいですが、それをわかることが食べることの基本です。家でもできればちょこちょこお漬物を漬けてもらえたら幸せ度が上がりますし、うまくいった時の満足度はピカイチです。是非挑戦してみてください。

切り漬け

【材料　作りやすい分量】

白菜と大根の細切り　合わせて４００g、塩　８g（野菜の重量の２％）

【作り方】

白菜と大根は保存袋に入れ、塩も入れて全体をよく揉み塩をなじませる。

袋の口を縛り、重石をして常温で3～5日おく。

冬

冬

クリスマス

和風のわたしでも、子供がおりますからクリスマスは大切な行事です。もう子供たちも大きくなりましたから、さすがにサンタさんは必要ないですが……。小さい頃は可愛かったですよ。ある年のこと、家族でクリスマスの食事を楽しんでいる時、主人が二階の部屋に上がって行きました。そしてインターホンから一階にいるわたしたちに「おい！　お前たち！　今、サンタさんが出ていかはるの見たぞ!!」と大声で叫びました。びっくりした子供たちは慌てて二階へ！　窓は大きく開かれカーテンが揺れています。そして、窓のそばにはプレゼントが！　子供たちは窓から身を乗り出してサンタさんを探すのでした。本当に素敵な思い出です。

しょうゆ味のクリスマスチキン

【材料　作りやすい分量】

鶏もも骨付き肉　2本、酒・しょうゆ　各大さじ2、にんにく　1かけ、

片栗粉 適量、サラダ油 適量

【作り方】

① 鶏肉は骨に沿って切り込みを入れ、酒、しょうゆ、潰したにんにくを入れたポリ袋に入れて一晩おく。

② 鶏肉を取り出してペーパータオルで軽く水気を拭き、片栗粉をまぶしつける。フライパンに並べ入れ、かぶるくらいのサラダ油を注いでから弱めの中火にかける。時々上下を返しながら18分くらいかけて焦げないようにじっくりと揚げる。

冬至

京都では年末にはいろいろな行事があります。お釈迦様が悟りを開かれた日にちなんで無病息災を願って行われる「大根焚《だ》き」、一三日は「事始め」というお正月の準備を始める日。そして、冬至があります。

冬至には、かぼちゃと小豆を炊いた「いとこ煮」をうちでは作ります。めいめい、おいおい煮るからいとこ煮といい、かぼちゃは冬は南半球産のものを使うと美味しいです。

冬至なのでかぼちゃを食べてほしいのですが、うちでは小豆のほうが人気で、いつも小豆が先になくなります。何のために炊いたのやら……。そして、ゆず風呂に入ります。ゆずはアシスタントの酒井さんが、いつも旦那様のご実家からいただいてきてくれます。果汁がたっぷりでとても美味しいので、果汁はジュースにして、残った皮だけお風呂に入れます。ここでも無駄が嫌いで合理的なわたし。ちょっとけち臭いかなぁ、と思いつつお風呂で香りを楽しんでいます。

いとこ煮

【材料　作りやすい分量】

小豆　1カップ、砂糖　大さじ6、薄口しょうゆ　大さじ1、

かぼちゃ　1／6個、砂糖　大さじ1、塩　少々

【作り方】

① 洗った小豆と水4カップを鍋に入れ、中火にかける。沸いたら5分ほど煮て、いったん茹でこぼし、再び水4カップを加えて中火にかけ、蓋を半分ずらして小豆が柔らかくなるまで煮る。途中、小豆が煮汁から出そ

うなら水を足す。小豆が柔らかくなったら砂糖と薄口しょうゆを加え、煮汁が少なくなるまで10分くらい煮る。

② かぼちゃは3㎝角に切って別の鍋に入れ、かぼちゃが半分浸るくらいの水、砂糖、塩を加え、蓋をして中火にかける。かぼちゃが煮えたら①の鍋に移し、2分ほどなじませるように煮て完成。

お正月

お正月は毎年主人のお兄さん家族が来るのでおせちを用意して準備をします。玄関には根松を飾り、餅花をしつらえます。床の間にはそんなにたいそうなお飾りはせず、南天を一枝とか水仙を束にしたり、その程度です。時には、年末にご近所の豪邸の庭仕事にいらした庭師さんに捨てる松をいただき、それでお飾りを作ったりもします。ほんと、経済的です。

おせちは家族用とお客様用を二つ作っておきます。人気のあるメニューは追加が利くように多めに作ってストック。大体が毎年決まったメニューですが、その年によって年末の到来物が違うので結構その時の都合で食べやすいものに変えたりして自由に楽しんでいます。もともとおせちはお正月くらいは働かず、火の神様や掃除の神様を休ませてあげるというもの。ご馳走でなくても縁起を担いで家族がゆっくりおしゃべりしながら食べられるものであればそれでいいと考えています。

大事なのは、お飾りよりも年末のお掃除。すがすがしければいいのです。神様はきれいなところにしかいらっしゃらないので、掃除が行き届いていることが肝心です。白い紙と水引かマスキングテープで紅白のお飾りをすると、それだけでお正月感が生まれます。

黒豆

【材料　作りやすい分量】

黒豆 1カップ、ぬるま湯 3カップ

A…砂糖 120g、濃口しょうゆ 大さじ1

【作り方】

① 鍋にぬるま湯とAの調味料を入れて混ぜ、砂糖を溶かす。洗った黒豆を加えて、一晩おく。

＊豆は洗って時間が経つと皮が破れやすくなるので、すぐに入れること。

②　①の鍋を火にかけて煮立ったらアクを取り、厚手のペーパータオルで落とし蓋をして、ごく弱火で煮ていく。途中豆が煮汁から出そうになったら水を足し、アクをこまめに取りながら4時間以上煮る。豆が指で潰せるぐらい柔らかくなったら火を止め、そのまま冷まして味を含ませる。

*豆の分量を減らす場合はぬるま湯を半量に、調味料はそのままで。

節分

節分の京都は極寒です。そんな中、京都では節分に四方参《よもまい》りというお参りをします。吉田神社からスタートし、八坂神社、壬生寺《みぶでら》へと鬼を追い詰めていき、最後に鬼を封じ込める北野天満宮では「鬼は外」とは言わないのが習いです。

家でも豆まきをしますが、この日には塩いわしを食べます。まるまると脂ののった塩いわしを本来なら炭火で煙をモウモウと出しながら焼き、その魚臭いにおいを鬼が嫌って退散する、と考えられています。そうしていただいた、いわしの頭を柊《ひいらぎ》の葉に刺して玄関に飾ります。柊の葉が鬼の目を刺し、いわしのにおいで鬼を退散させるためです。

また、初午《はつうま》の日には畑菜《はたけな》という、菜花《なばな》に似た京都の野菜の辛子和えをいただく習慣もあります。畑菜がない場合は菜の花で代用してもよく、伏見稲荷のお祭りなのでお揚げさんも一緒に入れます。ちょっとシャレが効いていて面白いでしょう? 辛子和えなので、辛子も効いてます。

畑菜の辛子和え

【材料 四人分】
畑菜 1把、油揚げ 1/2枚、だし 大さじ2、濃口しょうゆ 大さじ2、溶き辛子 小さじ1

【作り方】
① 畑菜は熱湯でさっと茹でて水にとり、4cmの長さに切ってギュッと絞る。油揚げはフライパンでカリッと両面を焼き、短冊に切る。
② ボウルにだしと濃口しょうゆ、辛子を入れてよく混ぜ、①の畑菜と油揚げを入れてしっかりと和える。

酸味好きなので、ゆずやかぼす、レモンなどの柑橘は欠かせません。少しあるだけで季節感が生まれ、料理のアクセントにもなります。

日々の美味しい術

1　味つけの基本

複雑な味つけをしなくても、旬の素材、だし、調味料の三つの基本がしっかりしていれば、あとは何とでもなります。

牛肉、青魚には、酒、砂糖、濃口しょうゆ。

鶏肉、豚肉、野菜にはみりん、薄口しょうゆで味を調えることが基本。

大まかなルールを持つと料理に迷いが少なくなります。

2　塩としょうゆの使い分け

味をすっきりとさせたい時は塩、まったりとさせたい時はしょうゆが基本。

しょうゆは生臭さを消し、香ばしさを加える役目もあります。

3　みりん、砂糖、酒の使い分け

砂糖は甘みをしっかり効かせたい時、みりんは旨みを生かして柔らかな甘みをつけたい時、酒は甘みをつけずにほんのりと旨みをのせたい時や臭み消しに。みりんを使う時は、お酒を使いません。照りがほしい時は、みりんを使います。

4　日々のだし

日々の料理なら、昆布とかつおや鯖などの削り節を水に浸けるだけの水だしでまかなえます。

冷茶用ポットに、利尻昆布5g、混合の削り節15gを詰めた茶葉パックと水2ℓを入れ、冷蔵庫で三時間以上おくだけ。冷蔵庫で夏場は二日、冬場は三日もちます。残っただし昆布は冷凍庫にためておいて、佃煮にしても美味しくいただけます。

5　だしの使い分け

普段のおかずには水だしをいろいろと使い回していますが、食材によって相性がいいだしがあります。牛肉、鶏肉、野菜全般には、かつお昆布だし、豚肉、魚、貝類には昆布だしが合います。

お味噌汁は、麴味噌は煮干し昆布だし、白味噌は昆布だし、赤だしはかつお昆布だし、もしくは魚のアラや貝類などのコクのあるだしが合います。

冬の大根葉や厚揚げなどを煮る時は、煮干しをたっぷり入れると旨みがしっかりした食べ応えのある煮物になります。

6　だし要らずの食材

だしは和食の基本ですが、さつまいもやかぼちゃなどの甘い野菜は、だしより水で炊くほうがすっきりとした味になります。

練りものや油揚げ、魚や貝類、肉類、燻製品のベーコン、乾物の干し貝柱や干し椎茸などは旨みが強いので、だし要らずです。

7　割合で覚える調味料

割合の決まった調味料は、あらかじめ合わせてストックしておくと便利です。
照り焼きや生姜焼きに使える万能だれ…みりん：薄口しょうゆ＝２：１
野菜や肉、魚、麺にも合う美味しいしょうゆ甘酢だれ…砂糖：米酢：薄口しょうゆ＝

1：2：2
牛肉や青魚に合う煮汁の素《もと》…酒：砂糖：しょうゆ＝2：1：1（好みで酒を増やす）

8　あしらいの効果

あしらいがあると料理がグレードアップします。

彩りや香りなど、アクセントとなる木の芽、青じそ、みょうが、せり、菜の花、細ねぎ、パクチー、クレソン。刺激となる粉山椒、七味、こしょう、わさび、辛子などがあります。その時々に買い求めやすい季節のものを少しずつ買うとよいでしょう。

9　刺身と薬味の相性

わさびはどんな刺身とも合う万能な薬味です。

いか、えび、かに、青魚などの魚臭さが感じられるものには生姜が合います。

とろ、かつお、牛肉などの脂の強いものには辛子も合います。特に脂の強いぶりには、大根おろしとわさびを混ぜたものがおすすめです。

10　柑橘の効果

ゆず、すだち、かぼす、レモン、ライムなどがあり、酸味や香りはどんな料理も美味しくする効果があります。

お吸い物のかつおの風味が濃い時に魚臭さを取り除き、脂っこい肉料理や魚料理をすっきりとさせ、食欲を誘います。きのこ料理とも相性がよく、香りをつけ、旨みがさらに引き出されます。色がきれいな柑橘の皮は、料理のアクセントにもなります。

11　代用ができる素材

素材の味や香りの共通項を知っておくと、他の素材で代用ができ、料理のバリエーションが広がります。

- 菜の花＝ブロッコリー、カリフラワー
- 青豆類＝グリーンアスパラガス
- にんじん＝セロリ
- せり＝クレソン
- 小松菜＝青梗菜

・大根＝かぶ
・さつまいも＝かぼちゃ
・じゃがいも＝長芋
・青じそ＝バジル
・鯛＝ひらめ、さわら
・鯖＝さんま、いわし

12 献立の組み立て方

献立では、しょうゆ味、塩味、酸味、甘味、味噌味など、味の重なりを控えます。焼く、和える、揚げる、煮る、蒸す、生、汁物など、調理法の重なりを控えます。肉、魚、葉野菜、根菜、緑黄色野菜、発酵品、乾物類など、素材の重なりを控えます。すべてを揃える必要はなく、前菜、主菜、副菜、汁物、香の物の一汁三菜を基本に献立を考えるとよいでしょう。

13 おかずの味つけ

普段のおかずはご飯に合うものが基本。汁気や焼きたて、揚げたての美味しさ、素材の瑞々《みずみず》しさが味わえるものがご馳走となります。

お弁当のおかずは冷めても美味しいものが基本。脂が固まりやすいものや、水気が出てくるものは避けます。わかりやすい味つけのほうがメリハリがあって美味しく感じられます。

お酒のあては、お腹にたまらないものが基本。味が濃厚で、香りが個性的、比較的塩味が効いたものが向きます。

14 料理はでき上がりをイメージしながら作る

料理を美味しく作るには、食べたい料理のイメージが大切です。作る前に、どのような味に仕上げたいかがはっきりしていないと美味しい料理は作れません。食感や香り、舌触りなどのイメージも固めてから料理をしましょう。

15　料理は気持ちが表れる

面倒だと思って作った料理は、面倒な味がします。慌てて作った料理は、慌てた味がします。迷って作った料理は、迷った味がします。楽しんで作った料理は、楽しそうな味がします。

どんなに料理が上手な人でもそうなのです。

16　おもてなしに特別な料理は要らない

お客様がいらっしゃる時に、張り切って普段と違う料理を作ると、気疲れする上にその緊張感がみんなに伝わってしまいます。無理をせず、家族に人気の料理を器と盛りつけに少し気をつけてお出しすればいいのです。

何にもなければ塩おにぎりでも、野菜たっぷりのインスタントラーメンでもお客様は喜んでくださるはずです。お客様はご馳走を食べたいのではなく、そのお宅の温かさに触れたいだけなのですから。わたし自身もその立場なら、同じような気持ちになると思います。

17 ささやかな仕込みが毎日を楽しくする

米は洗って軽く水を切ったものをストックしておくとすぐにご飯が炊け、洗った米は冷蔵庫で三日は保存できます。

野菜は余った分を切ってストック、茹でられるものは下茹でまでしておくと、次の料理の段取りが格段に早くなります。

18 最後のメが肝心

漬物や佃煮など、食事の〆の小さな一品が料理全体の善し悪しを決めます。

これが偽物の味にならないように注意し、漬物はなるべく自然発酵のものにすると食事の満足度が違います。

19 「たて」を揃える

家庭料理は「たて」を揃えると格段にご馳走になります。

ご飯が炊きたて、お味噌汁が煮えばな、魚や肉が焼きたてということです。

煮物や和え物は少し時間をおいたほうが味がしみるものが多いので、前もって作り、

「美味しいのピーク」を揃えます。家庭料理ならではの贅沢です。

20 土鍋を駆使する

土鍋は冬に大人数で囲む鍋物のイメージですが、お鉢程度の小鍋を使えば、少しの食材でも旨みが引き出され、下ごしらえも必要はなく、仕上がり抜群。炒める、焼く、蒸す、煮込む、炊くなどの調理ができ、薬味やたれを替えればひと鍋でメニューは次々更新できます。食卓にそのまま出せるので洗い物が少なくて済みます。

21 卵のテクニック

卵料理は料理のセンスが一番わかるものですから、簡単なぶん、細心の注意を払って作りたいものです。

茹で卵は常温に戻した卵を沸いたお湯にそっと入れ、茹で上がりはすぐに冷水にとって一気に冷まし、しっかり冷めてから殻をむくときれいに殻がむけます。7分で白身はしっかり固まり、黄身が半分くらい柔らかい仕上がりになります。固茹では10分茹です。

オムレツ、スクランブルエッグは余熱ですぐ固まるので、仕上がったらフライパンに置かず、すぐにお皿にとりましょう。

22 魚の扱い

魚はほとんどのものが前もって塩をしておくことで美味しくなります。特に、鯖、いわしなど青魚には、きつめに塩を当てたほうが生臭くなく美味しくなります。塩をする時間は切り身で最低10分、できれば1時間ほどおくと、なおよしです。

23 肉の扱い

漬けておくもの以外は、肉に塩をふるのは直前に。

魚でも肉でも脂の多いものはグリルで焼いて脂を落とします。

脂の少ないものは小麦粉か片栗粉を薄くつけて、油をひいたフライパンで蓋をして両面焼くとパサつきが防げます。フライパンで焼く時は、七割火が通ってから裏返すときれいに焼けます。

24 茹でて水にとる、とらない

水けを絞れる野菜（葉野菜）は水にとる、絞れない野菜（根菜、青豆、ブロッコリー他）は水にとらない、を基本とし、茹で分けます。

25 アクはどこまで取ればいいのか

アクは悪いものではありません。
仕上がりが汚くなるのを防ぐため、味をすっきりさせるために取ると考えてください。
普段のおかずでは神経質にならなくてよいと思います。

26 油揚げの油抜き

油揚げはいなり寿司のように、しっかり煮て味をしみこませる時は油抜きをします。
油でコーティングされて味がしみこみにくいためです。
普段は油がコクを出してくれるので油抜きはしません。

27 ワインを飲む時

赤ワインを飲んでアルコールを強く感じる時は、少し冷やして飲むと飲みやすくなります。渋みや酸味や硬さが強く感じられる時は、グラスを回すかマドラーで掻き混ぜて空気にたくさん触れさせると柔らかい味になります。

白ワインを飲んで酸味を強く感じる時は、温度を上げると酸味を感じにくくなります。

肉には赤、魚には白、と決めるより、食べる料理の色に合わせてワインを選ぶのもポイントです。

28 日本酒を飲む時

日本酒も温度で味の印象が変わります。

本醸造は熱燗《あつかん》に合います。純米酒はまろやかに楽しむなら、ぬる燗に。すっきりと楽しむなら冷酒がおすすめです。ちなみに冷やは常温のお酒のことです。

29 焼酎を飲む時

三日以上前に焼酎：水＝6：4で割っておいておくと、驚くほどまろやかな味になります。

30 お茶の淹れ方

緑茶を淹れる時、お湯の温度が高いと渋みが強くすっきりとした味に。温度が低いと旨みが豊かになります。

急ぐ時は急須にお茶の葉を入れて水を加え、茶葉を20秒ほどふやかしてから熱いお湯を注ぎます。これでお茶の味が出やすく、お湯の温度もすぐに飲み頃まで下がるので、簡単にお茶を美味しく淹れることができます。

わたしの台所仕事 ● 毎日が豊かになる工夫

帰宅したらすぐ料理できるように

キャベツ、白菜、小松菜、ピーマン、玉ねぎなどはカットして袋に入れて保存。ニンニクは薄皮をむいてそのまま、生姜は水と一緒に瓶で保存。根菜類は切って水につけて保存。カットねぎは必須です。

お米も洗って軽く水を切ったものを一回分ずつ保存容器に小分けにして入れ、そのまま冷蔵庫で保存。お米が吸水した状態で保存できるので、早炊きでも美味しいご飯が炊けます。三日間保存可。

大切にしている
初夏の手仕事

しそジュースは色がきれいで、香りがよいので作る時も幸せな気持ちになります。
夏のお遣い物の定番で、ラベルもお手製。
差し上げる方のことを思い出しながら作る、年に一度の大切な時間です。

梅干し、紅生姜、甘酢生姜、実山椒はしょうゆ漬けと冷凍の2種類。初夏はやることがたくさん。
あると料理がぐんと底上げされるので、どんなに忙しくても季節仕事は欠かせません。

朝昼晩、わが家のお決まり

わが家の朝は、ほぼ和食。お味噌汁に野菜に魚か卵（写真上）。ある日のお昼は、卵丼、小鉢ととろろ昆布のお汁（写真下）。一人だと簡単にすませます。夜はしっかりしたおかずと野菜をたっぷり使い、一汁二菜、一汁三菜が基本です。

一日の終わりに欠かせない晩酌

たたみいわしとチーズに、生ハム、くるみ…。何もなくてもちょっとしたあてを用意して、お酒とのマリアージュを楽しみます。こんな時間が自分の想像力を掻き立ててくれるのです。

あると嬉しい
常備菜

〆の佃煮やお漬物が美味しいと、それだけで嬉しいですよね。昆布と実山椒の佃煮やじゃこ味噌。ご飯にもお酒にも合うこんな手仕事で自分を自分で幸せにすることができます。

しなやかに日々を生きる

体と心を整える、ちょっとしたヒント

わたしは自分で言うのもなんですが、人に対して緊張したり気構えたりしません。そこをよく褒めてもらいます。

小さい頃からいろいろな方とお目にかかる機会があったからでしょうか。それでも若い頃は自信がなくて相手の目を見て話すのが苦手な時もあったように思います。小さい頃から愛想がよかったわけでもなく、「笑いなさい」とよく母に言われていました。高校生の頃、学級委員をしていましたが、俗に言う「ヤンキー」の人たちもなぜかわたしの言うことはよく聞いてくれました。人に対して先入観を持たない人間だったからかもしれません。

大人になっていろいろな方とお目にかかっていると、地位の有る無しやお金の有る無しと人格は比例しているわけでもないと感じます。教育にしても、学歴よりもインテリジェンスが大切です。あと向上心と好奇心。きれいな心、楽しい会話が大切です。

相手の立場になってその心を想像する。その思いやりは、必ず伝わりますし、無難にすますより、もう一歩相手に近づいて相手をよく知りたいという思いでもあります。

わたしが人としゃべっていると、初対面の人なのにまわりから「知り合い？」ってよく聞かれます。会話の中でもありきたりな言葉ではなく、その人の真の言葉を聞いて話をしたい……わたしはいつもそう思うのです。そんなふうになるにはやっぱり自己開示をしなくては。自分が本心で正直に向き合うことが大切です。

それでもうまく合わない方は、自分とは縁がなかった方と思います。自分の口から出る言葉は嘘がなく、いつも愛に溢れているものでありたい。そんなふうに思っています。

人付き合いのコツ

・自分よりも相手の立場になってものを見る。
・先入観を持たない。
・目を見てにっこりする。
・悪い人はいないと心底思う。
・まずは相手の言うことを飲みこんで、おうむ返しに反論しない。
・自分から話しかける。
・大事な話は一晩おいてから。
・相手との間に垣根を作らない。
・人とつるまない。
・人とギクシャクした時は相手のことを嫌っていないとアピールする。
・手紙を書く。

こんなことを心がけています。

ささやかな習慣

- シャワーを浴びてドライヤーをかける時、スクワットと軽い体操をします。これだと毎日続けられます。
- 目覚ましを少し早めにかけて布団の中で二〇分ほど微睡《まどろ》みます。静かな朝のちょっと贅沢な時間です。
- 一五分という単位を大切にします。一五分あればちょっとした片付けもでき、軽い原稿もちょっと書けます。スマホをいじるより実りが大きいです。
- 忙しい時は家事を休む自分を許します。
- 二キロ圏内の場所ならバスやタクシーに乗らず、歩きます。
- 三階くらいの階段はなるべくエレベーターやエスカレーターに乗りません。
- ちょっと体が重い時は一日三回のごはんはとらず、お腹がしっかり空《す》くまで何も食べません。
- 仕事は必ず予定時間内で終えるようにします。長くかかるとモチベーションが下がるので。

・寝る時にアイマスクと耳栓をして寝ます。包まれたような気持ちで安眠できます。
・暇な時間を作らないようにしています。ぼーっとする時間は大切ですが、暇だと人間ろくなこと考えませんから。

わたしの悪いところ

・せっかち。
・すぐ仕切る。
・お酒の席が長い。
・すぐ忘れる。
・人の名前が覚えられない。
・字が下手。
・歌も下手。
・目立ちたがり。

・朝が弱い。
・仕事が好き。
・安請け合いする。
・開けっぴろげ。
・おっちょこちょい。
・すぐ泣く。
まだまだあります。
悪いところは山盛りです。
そんなわたしと一緒にいてくれる家族に本当に感謝しています。いつもごめんね。

子供たちには自然や暮らしの大切さを知ってほしい。実家に行くと、いろいろな気づきがあります。

自分を見つめる時間 ● わたしの大切なもの

花を生ける、季節に触れる

ちょっとした瞬間に季節を感じられたら、その日はいい日に。
小さな花、温かいお茶。
庭に映る陽の光。
ささやかなことが自分を幸せにしてくれます。

思い出の旅茶籠

光悦寺の故山下惠光宗匠にいただいた旅茶籠。オランダのデルフト焼きの茶碗、アジアの蓋付き籠、茶杓入れの生地も旅先での思い出の品々。

お供させていただいたヨーロッパの旅とともに一生の宝物です。

心を整える茶入

古いガラスの茶入。仕《し》覆《ふく》も蓋も陶芸家・辻村史朗夫人のお見立てとお手製です。

感性の豊かさに心が震え、自分の背筋がシャンと伸びます。

MYカスタマイズ土鍋

信楽《しがらき》の陶芸家・中川睦さんに自分の考えを伝えて作ってもらった土鍋です。
可愛らしいフォルムとその性能のよさに大満足しています。
気に入った器は手にするたびに、心を上げてくれます。

ちょっとほっこり
お茶とお菓子

わたしは上菓子より、普段使いの和菓子が好きです。

気のおけないお友達とのおしゃべりに美味しいお茶と素朴なお菓子。話は尽きることがありません。

アトリエで
一人料理を作る

好きなように思いをめぐらせながら料理を作る時間は、何よりも大切なひと時。
自分自身と向き合う「内観」の時間でもあるのです。
そうしてまた一歩前へ。
新しい自分がそこにいる気がします。

第五章

これからの生き方

年齢を重ねるということ

人間は年をとると、言ったことを忘れたり、思い違いをしたり、自分の生き方を人に押しつけたりしやすくなります。運動機能も衰えますし、太りやすくもなります。白髪も増え、肌もシミ、シワが増えて鏡を見るのも嫌になります。老化とは本当に恐ろしいものです。

でも、よくしたもので、目が悪くなると見たくないものは見なくてよくなるし、耳も遠くなって聞かなくてもいいことは聞こえなくなる。辛かったことや嫌だったことはどんどん忘れて、自分の人生の美しく楽しかったことだけを覚えていられるようになるのですね。争いも、思い違いも、どうでもいい過去のこと。本当によくできています。

これからあと二〇年生きるのか、三〇年生きるのかわからないですが、なるべく心穏やかに生きていきたいと思っています。

家族がいて、家事をして、自分の役目があるということは幸せだなぁ、と思います。誰かに必要とされたり、誰かの役に立ったり。人間はやってもらうよりやってあげられる人のほうが幸せです。衰える自分をもってしても何か役に立てること、自分ができることを持って生きていきたい。時々甘えたがって人に世話を焼いてほしがる人もいますが、わたしはそんなのは苦手です。

これからの中高年は男性でも女性でも料理を作って掃除をして洗濯をして、生活の中に楽しみを見つけてほしい。食べたい時に美味しいものを少しだけ食べて、一人の時も、みんなと一緒の時もいろいろありながら、それを受け入れ笑って生きてほしいと思います。ひがみやすくなったり、すぐ拗《す》ねたり、急に怒り出すお年寄りにはなりたくないですよね。働けるなら働いて、偉そうにしないで、若い人のいうことを聞いて。

わたしたちの時代の生き方と今の便利さと革新は相反するものでなく、その融合の中にこれからの時代の幸せがあると思いますから、若い人を大切にしないといけません。いろいろ教えてもらわなくちゃ、自分は古くなるばかりです。つまらないプライドは何の役にも立ちませんから、それを肝に銘じて。

心の底が清らかな人

小さかった頃、人間は大きくなったら自然と字が上手くなって、分別ができて、結婚して、子供を産んで育てて、孫ができて、そのうちに人格も整って、偉い人になる。それが普通だと思っていました。でもそんな訳にはなかなかいかないですね。

まわりの人を見ても普通に生きるって難しいです。そもそも普通っていう考え自体が古臭いですよね。生きていると本当にいろいろあって、幸せそうに見える家族の中にもいろいろあって、みんな悩み続けて生きていますね。悩みがないことなんてない。考えてみたら、悩めることが面白さの元なのかもしれないとも思います。悩む相手がいたり、怒る相手がいたり、その対応のよさもマズさも人が心の勉強をするためのものなのかもしれないと思います。

同じ事象でも、考え方によってその問題の転がって行く先が変わっていきます。頭がいい人がその解決が上手いわけでもなく、年齢を重ねた人が上手く処理できるわけでもない。強いて言うなら心の芯が清らかな人がいつも勝者になる気がします。その一時《いっとき》は損をしているように見えても、心の芯が清らかな人は結果的にいい解決を導いていけるように思います。

心の芯が清らかというのは常識がある人という意味ではありません。人の言うことをハイハイと聞く従順な人でもありません。

常識を盾にして話す人や、正義を振りかざす人が、わたしは嫌いです。そして問題を大げさにする人も好みません。かといって長いものに巻かれる必要もなく、大きな目でものを見ていければいいと思うのです。絶対ダメなものには静かにNOと言える。その強さがあり、意見が違う人もきちんと受け止めるおおらかさがある。言動の根底に人としての慈悲や愛情、本物の厳しさがある。そんな人が心の底が清らかな人なのだろうと思います。そんなふうにわたしもなりたい、といつも思っています。

おせっかいのススメ

おせっかいって素敵だなと思っています。大体おばさんは、おせっかいな人が多いかな？　おせっかいといっても過干渉という意味ではありません。あくまで素敵なおせっかいを焼くということです。

若い時こんなことがありました。

バスの中でお年寄りに席を譲る時、明らかにお年寄りらしい方には「どうぞ」と言えるのですが、その時はお年寄りかどうか微妙な方が乗っていらっしゃったんです。どうしようかなぁ……って迷って「失礼かもしれませんが、よろしかったらお掛けになりませんか？」そう声をかけました。その方はにっこり笑って「ありがとう。じゃあお言葉に甘えて」そう言って席についてくださいました。

この時、なんでしょう、車内の空気が少し柔らかく温かくなった気がしました。満員のバスの殺伐とした雰囲気が優しいものになったんです。その時、わたしは高校生だったかなぁ。それ以来、ほんの少し言葉の垣根を低くするだけ、ちょっとあたりに気を配るだけで、まわりが幸せになったり、自分が嬉しくなったりする、こんなささやかなおせっかいをすることが趣味になりました。

こんなこともありました。ある時、自転車で急ぎ帰る途中、自転車の荷物かごに乗せていた密封容器の蓋が吹っ飛び、中身がこぼれて道路に落ちてしまいました。あわててひろいましたがご飯粒が地面に飛び散り、悲惨なことに。家に飛んで帰って箒《ほうき》とちりとりを持ってそこを掃除しに戻りました。その後、そこを通る人が不快な思いをする、そう思うといてもたってもいられませんでしたから。息子が「えらいなぁ」と褒めてくれました。ほかにもスーパーの前でブロッコリーを拾い、うまく持ち主を見つけることができてうれしかったり、あたりに落ちている缶やペットボトルを拾ってゴミ箱に入れたり。家の中では普通にやることを家の外ではみんなあまりしませんよね。本当にささやかなことですが、見て見ぬ振りをしない、小さなおせっかいをすることで、わたしには幸せがたくさん集まってくるようになった気がします。ずっと続けていきたいし、皆様にもおすすめしたい一生の趣味です。

遠慮や気遣いは大切ですが、そればかりでも困ります。上手なおせっかいが世の中全体に行き渡れば、あの時のバスの中のように世の中が優しさで溢れるかもしれない。そうなればいいなと思っています。

つまらないことですが、わたしには好奇心はたくさんあるのですが、野心というものがあまりないので、人におせっかいを焼いて、上も下もなく自然に生きて、そして自然に消えて無くなるように死んでいけたらいいなといつも思っています。

これから超高齢化社会を生きていくわたしたちは、一人ひとり、経済的にも精神的にも自立して、健康に楽しく生きることがますます大切になってきます。そうして家族、ご近所、地域にアンテナを張って、必要な方にはちょっぴりおせっかいな幸せの傘を差し伸べる。そんなことが今の世の中で自分たちができる最良の社会貢献だと思うのです。世の中に問題は山積していますが、それを見据えつつ、今、自分にできることを全うしてこれからも自然におせっかいに生きていきたいと思います。そうして死んだら風になってこの美しい地球を駆け回りたい。色も形もない風になって、木々に触れ水に触れ、柔らかな子供のほおに触れることができたらいいな。そう思っています。

最後に

料理の本をこれまでに何冊も出させていただいて、その中に短い文章をいろいろ書きながら、「書くのも面白いなぁ」と思っていたわたしに、一年ちょっと前にこの本を書くお話を世界文化社さんからいただきました。

「楽しそう」と安請け合いし、書きすすめるうちに心の中は後悔でいっぱいに……一冊すべてエッセイというのは気ままに書くのとは違いますから、何回かに分けて書くうちに同じことをしつこく何度も書いてしまったり、自己陶酔のような文章になったり。その難しさに驚きました。そのたびに「あぁ〜、受けなきゃよかった」と思うこと然《しか》り。いつもは締め切り遵守《じゅんしゅ》のわたしでも、今回ばかりはズルズルと締め切りに遅れ、心が萎えていきました。

そんな中、優しく声をかけ、書きやすくするためにお心を配ってくださった編集の西村晶子さん。素敵な写真を撮ってくださったカメラマンの福森クニヒロさん。本当にお世話になりました。特に西村さんの支えなしにこの本は書けませんでした。

行きつ戻りつ書いたこの本。正直、今、推敲《すいこう》してみてもこれがよいものなのかそうでないのかわたしにはわかりません。ただ、心の中にあるものを素直に正直に書かせていただきました。

書きながら自分がはっきり見えてきた部分もあります。こんな普通の人間のたわいない随筆ですが、お手にとってくださり、最後までお読みいただきましたこと、心からお礼申し上げます。本当にありがとうございました。

料理研究家　大原千鶴

大原千鶴《おおはら ちづる》

料理研究家。京都・花脊《はなせ》の料理旅館「美山《みやま》荘《そう》」が生家。小さな頃から自然に親しみ料理の心得を学ぶ。結婚後、京都市中に移り住み、2男1女の母として子育てのかたわら、料理研究家として活動をはじめる。NHK「きょうの料理」、NHK BS4K「あてなよる」レギュラー出演、NHK BSプレミアム「京都人の密かな愉しみ」料理監修のほか、家庭料理の講習や講演など、幅広く活躍している。著書も多数あり、近著に『大原千鶴のささっとレシピ 具材のつくりおきで、絶品おかず』(高橋書店)、小社刊で『家族が好きな和のおかず』『大原千鶴の酒肴になる「おとな鍋」』『大原千鶴の「新・豆腐百珍」』がある。第3回京都和食文化賞受賞。

写真 大原千鶴
P9−14、22−23、26−27(上)、34、50−51、55、103、114−116、118、126、139、147、177、184
撮影 福森クニヒロ
編集 西村晶子
装丁・本文デザイン 松川 昭
DTP制作 株式会社明昌堂
校正 株式会社円水社
編集部 川崎阿久里

旨し、うるわし、京都ぐらし

発行日 2019年5月5日 初版第1刷発行
2021年8月20日 第4刷発行
著者 大原千鶴
発行者 竹間 勉
発行 株式会社世界文化ブックス
発行・発売 株式会社世界文化社
〒102−8195
東京都千代田区九段北4−2−29
編集部 電話 03(3262)5129
販売部 電話 03(3262)5115
印刷・製本 中央精版印刷株式会社

ISBN978-4-418-19308-0